锋———芒———文———丛

# 在街上

ZAI JIESHANG

马兵 ——————— 主编

山东文艺出版社

图书在版编目（CIP）数据

在街上 / 马兵主编 .—济南：山东文艺出版社，2020.3
ISBN 978-7-5329-6067-5

Ⅰ.①在… Ⅱ.①马… Ⅲ.①短篇小说—小说集—中国—当代 Ⅳ.①I247.7

中国版本图书馆 CIP 数据核字 (2020) 第 021363 号

# 在街上

马　兵　主编

| | |
|---|---|
| 主管单位 | 山东出版传媒股份有限公司 |
| 出版发行 | 山东文艺出版社 |
| 社　　址 | 山东省济南市英雄山路 189 号 |
| 邮　　编 | 250002 |
| 网　　址 | www.sdwypress.com |
| 读者服务 | 0531-82098776（总编室） |
| | 0531-82098775（市场营销部） |
| 电子邮箱 | sdwy@sdpress.com.cn |
| 印　　刷 | 山东新华印务有限责任公司 |
| 开　　本 | 850mm×1230mm　1/32 |
| 印　　张 | 6.125 |
| 字　　数 | 120 千 |
| 版　　次 | 2020 年 3 月第 1 版 |
| 印　　次 | 2020 年 3 月第 1 次印刷 |
| 书　　号 | ISBN 978-7-5329-6067-5 |
| 定　　价 | 35.00 元 |

版权专有，侵权必究。如有图书质量问题，请与出版社联系调换。

# 锋芒文丛·序

不知不觉，新世纪文学已经走过了20个年头。遥想百年之前，"五四"新文学正攻城略地，以确定富有现代性内质的文学样态的合法性。其时的新文学"如初春，如朝日，如百卉之萌动，如利刃之新发于硎"，锋芒所向，旧文学几难以布阵。百年倏忽而过，今日的中国当代文学虽然完成了初步的经典化，但相比于漫长渊深的古典文学而言，依然还在成长的旅途中，依然时时迸溅热情炫目的青春之光，依然有着属于这个时代的凛冽和耀眼的锋芒。为了全面呈现当下中青年小说家的创作实绩，向海内外介绍中国当下小说的多元与活力，我们特编选《锋芒文丛》，共分6辑，精选60后到90后40余位优秀小说家的中短篇小说，以飨读者。

我们的编选遵从如下几条原则：其一，虚构与想象的激情。在"非虚构"所带来的压力的反激之下，虚构的热情和信心其实又被暗暗激活。其实，就对生活的塑造和映照而言，虚构的力量未必比非虚构标榜的真实、客观在强度上就要差多少，关键是小说家如何借由虚构在更大的意义上完成对时代的总括或者提炼。好的小说家可以凭借不凡的体验、洞察、叙事和想象力，深度介入并阐释我们这个日新月异的时代，在全球化的语境中呈现中国本土文学的叙事智慧，致力于现代汉语的美学实践。

其二，叙事的智性和生长性。对于今天的小说家而言，一个足够好的故事通常不再意味着跌宕起伏的情节和有饱满性格的人物，而是为开放性的阐释提供足够的发展空间与无限可能。因此，我们收录的作品，即便小说家擅长操纵故事，吸引读者，也不会再去展示一种无缝隙的闭环的叙述，因为这种叙事仅仅是对听故事的人已经知道的东西进行了强化，今天的好故事要提供一种生长性。

其三，"属己"与"属世"的平衡。一个好的小说家理应是一个既具有"在地性"的关怀视野又能在更大的文化层面中反思"在地性"写作问题的写作者。那如何处理"在地性"与更广阔的时代经验的平衡？有的作家通过写本土故事寓言化地折射，有的作家通过返乡的叙述模式制造"在地"与"他乡"的互动，有的作家通过异乡人冷冷观照全人类，有的作家通过超验与彼岸看经验与此岸。在我们提供的小说中，小说家处理的是自己和自己的遭遇，而指向的往往是恒久的人和我们共在的情境。或者说，这是一种阿甘本意义上的"同时代性"，"这种关系既依附于时代，同时又与它保持距离"。

期待《锋芒文丛》的"锋芒"能劈开生活沉滞的暗角，让我们共同感受属于文学的锐利！

马　兵

# 目 录

万玛才旦《气球》_____ 001

鲁　敏《球与枪》_____ 040

付秀莹《春暮》_____ 068

任晓雯《朱三小姐的一生》_____ 105

马　拉《鲨鱼》_____ 129

周嘉宁《你是浪子，别泊岸》_____ 144

卢德坤《逛超市学》_____ 165

# 气　球

万玛才旦

达杰翻遍了抽屉，翻遍了枕头底下，翻遍了所有能翻的地方，最后也没有翻到那个玩意儿。

他问她的老婆卓嘎，她说她也没看到。

完事之后，他就骑着他那辆破摩托车上路了。

路上，他远远看见两个小儿子各自牵着一个气球似的奇形怪状的玩意儿在玩。

走到近处，他才看清了那是个什么。他瞪大眼睛问两个儿子："这玩意儿哪来的？"

两个儿子也瞪大眼睛互相看了看，没有说话。

跟两个儿子一起放羊的达杰的老父亲瞪大眼睛问："这两

个孩子今天一大早就拿着这么个玩意儿玩来玩去,这是个什么呀?"

达杰继续瞪大眼睛瞪着两个儿子,之后又瞪着老人,没好气地说:"这是气球!"

老人有点不服气的样子,瞪着达杰说:"你想骗谁啊?气球是圆的,这怎么是气球啊?怪模怪样的!"

达杰继续瞪着老人,语气生硬地说:"这也是气球!"

老人没再说什么,转过头去,嘴里突然冒出了一句经咒:"嗡嘛呢叭咪哄!"

"嗡嘛呢叭咪哄"是观世音菩萨心咒。老人不识字,念不了太多其他经文,平常喜欢把这句挂在嘴边。别人问他"你就不会念点别的经文吗"时,他总是笑着说:"这就够了,所有的经文就包含在这里面了。你能念够一亿遍,你也就算是备好了去那个世界的资粮了。"

达杰知道这也是老人表示不满意的方式之一。他没理老父亲,自己点了一支烟,站起来继续瞪大眼睛把两个孩子手上的玩意儿一一弄破了。

那两个玩意儿相继发出"噗噗"的声音,恢复了它们本来的面目,变成两块很小的蔫不唧的东西,萎缩在了那儿。它们原来是两只安全套。

两个孩子眼睁睁地看着他们的玩意儿突然之间变成了另外的他们不想看到的什么东西,突然间放开嗓门哭了起来。

老人这次没有念六字真言,直接扭过头来瞪着达杰问:"你干吗把小孩子的玩意儿给弄破了?"

达杰瞪大眼睛没说话,笑了笑继续抽烟。

两个孩子揉着眼睛继续哭,声音更大了。

老人继续瞪大眼睛问达杰:"我说你没事把小孩子的玩意儿弄破干吗?"

达杰没好气地看着老父亲说:"那不是什么好玩意儿!"

老人问:"那你刚才不是说那是气球吗?气球怎么不是好玩意儿了?"

达杰想了想,不知道该怎么解释,最后说:"那不是小孩子玩的气球,你不懂!"

老人有点咄咄逼人的样子,继续问:"那你的意思是说那是大人玩的气球吗?"

达杰这时忍不住"呵呵"地笑了。

老人瞪着他问:"你说说那是个什么玩意儿?"

两个孩子这时哭着嚷起来了:"就是气球,就是气球!"

看老人还在瞪着自己,达杰只好哄两个孩子说:"好了好了,下次我到县城给你们一人买一个彩色的气球,比这个好玩多了。"

两个孩子继续哭着,问:"你说的是真的吗?"

这时,达杰笑了,看了看老父亲说:"真的,阿爸说话算话,不会骗你们的。"

两个孩子这才破涕为笑,眼泪鼻涕抹了一脸。

老人又念了一遍六字真言:"嗡嘛呢叭咪吽。"这也是平常他用来转换情绪的一种方法,就看他用什么语气念了。老人这时的语气变得缓和了。

老人拨了一粒念珠之后问达杰:"你是去邻村借种羊吗?"

达杰说:"是,这次去借个好种羊。"

老人也会意地笑了。

达杰看着老人手上的念珠问:"你快念够一亿遍了吧?"

老人的脸上充满了一种满足感,说:"快了,快了。"

之后,他们又随便聊了几句。

之后,达杰就发动那辆破摩托车上路了。摩托车发出"隆隆"的声响,后面冒出了浓烟。

摩托车开出很远,老人还在后面喊:"去了一定要借只优质的种羊回来啊,那些一般的种羊都不顶什么用。"

天快黑时,达杰已经站在邻村朋友家的羊圈边上了。

朋友看着羊圈里的几只种羊说:"今年我买了几只新疆种羊,听说很不错,你也带一只回去试试吧。"

达杰也看着那些种羊说:"新疆种羊肯定不错,这两年我的羊群在退化,正需要好好改良改良。"

新疆的种羊们看上去很壮硕,蠢蠢欲动地跟在一些母羊后面跑来跑去,显得骚动不安。它们的下垂的睾丸都用一块脏得都快看不清颜色的布紧紧地裹着。

晚上他俩喝了不少酒,聊了不少事情。

第二天一早,达杰的朋友就带达杰到了羊圈边上。达杰的朋友也是个壮硕的男人,他指着羊圈里的几只新疆种羊说:"你自己随便挑一只吧。"

达杰看着那几只种羊,不知道该挑哪只,嘴里说:"这些新疆种羊都很好,不知道该挑哪只呢。"

达杰的朋友满意地笑着,似乎达杰夸的是他。

达杰最后选中一只种羊,指给朋友看。朋友就让自己的儿子进羊圈捉那只种羊。朋友的儿子也是个壮硕的家伙,他在羊圈里追来追去追了好几圈才捉住了那只种羊。那头种羊看上去很威猛,几次差点从小伙子手中挣脱。

朋友看着达杰说:"你的眼力真是不错啊,那只种羊是我花大价钱买的,居然被你一眼就看中了。"

达杰也谦虚地笑了笑说:"你这会儿是不是有点舍不得了啊?"

朋友说:"要不是我昨晚喝多了你的酒,我肯定不会把这只借给你的。这只我是打算自己用的。但既然话已经说出去了,你就拿去先用吧。"

达杰往摩托车后座上绑那只新疆种羊时,朋友的老婆和儿子还在旁边有点不情愿地看着种羊。

达杰返回家里时才上午九点多。

达杰把新疆种羊从摩托车后座上取下来放在地上时,那只种羊有点站不稳脚跟的样子。但过了一会儿就马上恢复正常了,精神抖擞起来了。

老人跑出来看种羊。他前前后后地看了几遍，很满意地点头。

达杰说："这是新疆种羊，听说很厉害。"

老人走过来拿掉裹着种羊下体的那块脏布，使劲地捏了一把种羊的睾丸，说了声："真不错！"

种羊似乎被捏疼了，发出了一声怪叫，退后一步冲过来，把老人给撞倒了。达杰马上拉住了种羊。

老人没有爬起来，只是看着种羊，他不住地点头，露出很满意的样子，突然间嘴里冒出一句"嗡嘛呢叭咪哄"，然后说："这种羊真是不错啊！"

达杰笑着把种羊拉过去，拴在了旁边的木桩上。

这时，两个孩子也跑过来问达杰："阿爸，你给我俩买的彩色气球呢？"

达杰看着两个孩子说："阿爸这次没去县城，等下次去一定给你们买上。"

这时，老人也从地上慢慢爬起来了，慢吞吞地说："这新疆的种羊就是不一样，以前只是听说过，现在见了果然名副其实啊。"

达杰听到这话很高兴，似乎老父亲夸的不是种羊，而是他。

老人从旁边的屋里拿来一块崭新的红布，说："现在得把种羊的睾丸给裹住了，这样配种的时候才有力量。"

达杰说："不是原来就有吗？干吗用块新布？"

老人说："你看那块布多脏啊，得用块好布，得图个好兆头。"

达杰看着老人笑了笑，没再说什么。

之后父子俩就用那块红布把新疆种羊的睾丸给重新裹了起来。被柔软的新布裹住睾丸的种羊显然很不适，一下子坐立不安起来。

达杰的老婆卓嘎从屋里出来了，故意提高嗓门干咳了两声。达杰父子俩的脸上立即严肃起来，老人的嘴里又念起了六字真言。

卓嘎不看他俩，也不看新来的种羊，看着前面的什么地方说："早饭好了。"

达杰对老人说："阿爸，你先进屋吧。"

待老人进屋之后，达杰笑嘻嘻地看着卓嘎指了指种羊说："看看，这次这只种羊怎么样啊？"

卓嘎也看着种羊笑嘻嘻地说："看上去跟你一样！"

达杰笑了笑，说："我怎么能跟这只种羊比，这是新疆的种羊，是最好的种羊。"

卓嘎过去给拴在另一边的那只母羊喂水。那只母羊是只老母羊，一副没精打采的样子，喝了两口就停下了。老母羊也偶尔看向新来的新疆种羊。新疆种羊也不时看看那只似乎对它毫无兴趣的老母羊。

达杰看着老母羊说："这家伙已经连续两年没产羊羔了，看来也产不出羊羔了。"

卓嘎有点担心地说："可是，它还挺听话的。"

达杰说:"听话有什么用?它产不出羊羔就说明它没用!"

卓嘎拿眼睛瞪自己的丈夫,达杰有些不好意思起来,没话找话地说:"你看给它喂水它也不喝。"

这时,老母羊像是好几天没喝水似的把盆子里的水喝了个精光,看着达杰和卓嘎。

卓嘎看着达杰笑。达杰看着老母羊说:"这家伙好像能听懂我的话。"

卓嘎继续笑。这时,达杰却一本正经地说:"过一个月咱们就得把它卖了,去交江洋下学期的学费生活费了。"

卓嘎停下笑,没有说话,过去又拿来一瓢水,倒到母羊前面的盆子里,看着母羊。这次,母羊没有喝,好像故意给达杰看。

羊圈外面传来一个男人的声音:"喂,达杰,你在干吗啊?"

达杰抬头看是乡卫生所的索南扎西,就指着拴在一边的新疆种羊说:"哦,我从朋友那里借了一只种羊,这几天准备给母羊们配种哪。"

索南扎西看了一眼说:"哦,是只新疆种羊吧,听说新疆种羊很好啊。"

达杰也看了一眼老婆卓嘎,笑着说:"听说不错,听说不错。"

索南扎西也笑着说:"那就好,那就好!"

说完准备走。卓嘎叫住他说:"周措大夫这两天在吗?怎么没看到她啊?"

索南扎西说:"她在呢,她这几天比较忙。怎么你要看病吗?"

卓嘎答非所问地说:"哦,我就是问问。"

索南扎西"哦"一声之后就走了。

索南扎西走远后,达杰突然问卓嘎:"你问周措大夫干什么?"

卓嘎赶紧说:"哦,没什么。"

早饭之后,卓嘎就一个人去了乡上的卫生所。

索南扎西正在给一个病人看病。索南扎西让卓嘎坐在旁边的凳子上等。

卓嘎四处望了望,问索南扎西:"你不是说周措大夫在吗?她去哪儿了?"

索南扎西也不看她,说:"她出诊去看一个病人了,等会儿就回来,你先坐会儿吧。"

卓嘎"呀"了一声,不再东张西望了。

索南扎西给那个病人开了药,仔细交代了一番。

病人走后,索南扎西问卓嘎:"你哪里不舒服?我可以帮你看看。"

卓嘎有点不好意思地说:"你不能看,是女人的病。"

索南扎西笑着说:"女人的病我们男大夫也可以看啊,谁说女人的病就只有女大夫能看?"

卓嘎笑了笑说:"我还是等等周措大夫吧。"

索南扎西有点不高兴的样子,说:"看看你们,都什么年代了,思想还这么保守。"

卓嘎只是笑着不说话。

索南扎西就不理她了,拿起一本杂志随便翻看着。

周措回来后跟卓嘎打招呼,没等卓嘎开口,索南扎西就抢先说:"她在等你看病呢。"

周措说:"那你怎么不帮她看看呢?"

索南扎西"哼"了一声,有点不高兴地说:"她说是女人的病,不让我们男大夫看,非要让你看不可!"

周措看着卓嘎笑了笑,说:"明白了,明白了。"

卓嘎有点不好意思的样子。周措看着索南扎西说:"既然人家不愿意让你看,你还赖在这里干什么?这会儿你就不知道主动回避一下吗?"

索南扎西又"哼"了一声说:"有什么大不了的,我又不是没见过女人!"

周措笑了,看着索南扎西说:"你就别吹了,到现在连个媳妇都没娶上,你还吹什么!"

说完,周措和卓嘎都笑了起来。

索南扎西涨红了脸说:"没娶媳妇不等于没见过女人!我是怕娶了个媳妇连最后那点自由也没有了!"

周措和卓嘎继续笑。

索南扎西从抽屉里拿了一包烟出去了,关上了门。

屋子里只剩下卓嘎和周措。

周措这时看着卓嘎说:"说吧,你怎么了?"

卓嘎犹豫了一下,说:"我想做结扎手术。"

周措说:"咳,我还以为是什么大不了的事呢。"

卓嘎不说话了。周措突然问:"你怎么突然想到做结扎手术了?"

卓嘎这才说:"结扎了省事,不用再提心吊胆。"

周措笑着问:"不是给你们免费发了安全套了吗,也很省事啊,怎么不用啊?"

卓嘎说:"用完了,最后两个还被小孩偷去当气球玩了呢。"

说完自己也忍不住笑了起来,周措也笑着说:"你家那口子是只种羊吗?是不是到发情期了?发了那么多还不够!"

卓嘎不好意思地笑着,压低声音说:"他这两年变得差不多和年轻时一样了,没个够,我也不知道怎么了。"

周措笑着说:"你是不是让他吃了什么不该吃的好东西了?"

卓嘎也笑着说:"什么不该吃的好东西?"

周措继续笑着说:"我怎么知道啊?"

卓嘎说:"没吃什么东西,就是偶尔吃点羊肉,除此之外我们还能有什么好吃的!"

周措说:"听说羊肉那东西很补啊,你最好让他少吃点。"

卓嘎说:"他就爱吃羊肉,我有什么办法。"

两人就笑起来。之后,卓嘎又问:"你什么时候给我做?"

周措想了想说:"下个月吧,正好你们村的几个妇女也要结扎,就一起做掉吧。"

卓嘎说:"好吧。"

周措又笑着说:"要不给你先上个环?"

卓嘎问:"环?"

周措说:"是啊,环。好上,今天就可以给你上了,也保险。"

卓嘎说:"那个就算了。上次旺加媳妇上的那个东西不小心掉了,她家小女儿还当戒指戴着呢,被村里人笑话,羞死人了。"

周措就大笑起来,问:"真的假的?"

卓嘎也笑着说:"当然是真的。"

周措也笑着说:"那就算了,那就算了,那个东西确实有点不保险。"

卓嘎笑着看周措,欲言又止的样子。

周措停住笑,看着卓嘎说:"你还有什么事吗?要是没事了得让索南扎西进来了,要不他会以为咱俩在搞什么鬼呢。"

卓嘎这才说:"能再给我几个那个吗?"

周措故意问:"什么那个?"

卓嘎有点不好意思地说:"就是那个,免费发的那个,还能是哪个?"

周措这才恍然大悟似的说:"哦哦,明白了,直接说嘛,这年纪了,还像个小姑娘似的。"

卓嘎说:"我就是说不出口。"

周措说:"早就发完了,没货了,下次到了多给你几个。"

卓嘎说:"那我回去了。"

卓嘎准备走时,被周措叫住。她打开自己的抽屉,从里面翻出一个安全套,说:"这儿还有一个呢,你要吗?"

卓嘎笑着:"一个有什么用呢?"

周措也笑着:"拿着吧,万一有用呢?这还是留给我自己的呢。"

卓嘎笑着问:"那你自己不用吗?"

周措说:"这段时间我用不着。你到底要不要?不要我就给别人了。"

卓嘎就赶紧把那东西装进了口袋里。

达杰和卓嘎的大儿子叫江洋,在县城上初中,这会儿也放暑假回来了。回来的路上遇见了正在外面放羊的爷爷和两个弟弟。

老人见了江洋很高兴,抓住他的手问:"江洋回来了,放假了?"

江洋说:"放假了,我可以在家里待一个月。"

老人继续问:"好、好,在学校里没吃苦吧。"

江洋说:"没有,没有吃苦。"

老人又仔细看了看江洋,说:"没吃苦就好,不过有点瘦了。"

两个弟弟看着江洋问:"带了什么好东西?给我们看看!"

江洋笑着从书包里拿出一本连环画给了两个弟弟。

两个弟弟说:"没给我俩买什么吃的吗?"

江洋说:"哥哥没钱,等以后有钱了再给你们买很多很多好吃的。"

然后又看着爷爷说:"给爷爷也买很多很多好吃的。"

老人也笑。江洋就翻了一下连环画,说:"这个很有意思。"两个弟弟就接过去饶有兴趣地翻看着。

翻了一阵之后,三弟问:"这小人书里面讲的什么故事呀?"

江洋说:"这个故事叫《和睦四兄弟》,这个学期我们学校还排练过这个节目呢,我演里面的猴子,可有意思了。"

二弟问:"这个故事讲什么呀?"

江洋说:"这样吧,我教你们怎么演吧,这样你们就知道讲什么了。"

两个弟弟一起"呀呀"地喊起来。

江洋看着他俩说:"要是还有一个小孩就好了,这个故事需要四个小孩来演,现在咱们三个小孩怎么演啊?"

三弟指着老人说:"让爷爷演嘛。"

老人摇了摇头,说:"你们玩,我不玩。"

江洋也对老人说:"爷爷,咱们一起玩吧,你演大象,很有意思的。"

老人坚决地说:"这是小孩玩的,我不玩。"

三弟说:"阿爸还说你越老越像个小孩呢,跟我们玩吧。"

老人瞪着小弟弟,问:"他什么时候说的?"

三弟笑着说:"你跟我们一起玩,我就给你说。"

江洋也说:"爷爷,你就演大象吧,跟我们一起玩玩嘛。"

老人见推脱不掉只好笑着说:"好吧,好吧。"

江洋把他们三个叫到跟前,很认真地说:"那你们要听我的话啊,我说什么你们就得做什么。"

两个弟弟点头,爷爷也跟着点头。

江洋到处看了看,最后选了一个有树的地方。之后,江洋说:"很久很久以前,一只鹦鹉、一只兔子、一只猴子、一只大象先后来到了一片非常美丽的草地上,那片草地上有一棵很高大的结满果实的树。过了一段时间,他们想结拜为兄弟,但不知道谁大谁小,于是他们就一个个地讲述到这儿时这棵树的大小。"

然后看着老人说:"爷爷,你是故事里面的大象,这是你现在要说的话:'我到这片草地时,这棵树已结出了果实,我在底下还吃过果子呢。'"

说完,问老人:"爷爷,你记住你要说的话了吗?"

老人说:"记住了,这个故事我知道。"

江洋说:"那你说一遍。"

老人就又说了一遍。

江洋说:"好,没有错,爷爷你要记住你要说的话啊。"

然后指了指自己的鼻子说:"我演的是猴子,我说的话是:'我到这儿时,树已经长高了,但没有结出果实。'"

然后转向二弟,说:"记住你是兔子,你要说的话是:'我到这儿时,这棵树很小,只有一些枝丫。'"

之后又问他:"记住了没有?"

二弟说:"记住了,太简单了。"

江洋说:"那你把自己的话说一遍。"

二弟又说了一遍,一字不差,江洋夸完他之后转向三弟,说:"记住你是鹦鹉,你要说的话是:'我到这儿时,这棵树只是一棵小小的幼苗,我还在上面撒过几次尿呢。'"

之后,江洋突然问三弟:"你是谁?"

三弟不假思索地回答:"我是鹦鹉。"

江洋又问:"你要说的话是什么?"

三弟想了想说:"我到这儿时,这棵树只是一棵小小的幼苗,我还在上面撒过几次尿呢。"

说完,三弟笑了,江洋说:"好,你念对了。"

三弟"嘻嘻"地笑了一声,说:"真好笑,鹦鹉还会尿尿吗?"

江洋瞪了他一眼说:"你别管,书上就是这么写的。"

三弟问:"书上写的都对吗?"

江洋说:"书上写的当然对了,要不然我们学那个干吗?"

小弟弟就说:"那好吧。"

江洋看着他的三个演员问:"你们记住自己要说什么了吧。"

他们齐声说:"记住了。"

然后江洋说:"就这样,他们分出了长幼,依次结拜为兄弟,大象背着猴子,猴子背着兔子,兔子背着鹦鹉,互相尊敬,过起了美好的生活。"

这时,老人像是突然想起什么似的说:"我应该演鹦鹉才对,现在反了,我演大象我倒成了最小的了。"

吃晚饭时,卓嘎特意煮了一锅羊肉。卓嘎把羊肉捞出来放在饭桌上说:"江洋,你和弟弟、爷爷,你们好好吃吧。"

达杰斜眼看了一眼卓嘎,说:"怎么,你的意思是我不要吃吗?"卓嘎也斜眼看着他说:"你就少吃点吧。"

达杰说:"为什么?"

卓嘎说:"没什么,就让孩子和老人多吃点。"

江洋这时拿起一块肉给了达杰,看着阿妈说:"阿爸也吃吧,这么多羊肉,我们吃不了那么多。"

达杰笑了,说:"主要是你们要吃,主要是你们要吃。"

几个男人正在吃羊肉时,卓嘎的妹妹也来了。卓嘎的妹妹叫香曲卓玛,她在附近的一个尼姑寺当尼姑。大家都站起来迎接她,问候她。

卓嘎握住香曲卓玛的手问:"在寺院没吃苦吧?"

香曲卓玛笑着说:"没有没有。"

卓嘎又问:"你怎么这个时候来了?"

香曲卓玛说:"今年秋天我们要翻修寺院的大殿,寺院的尼姑都要去化缘,我听说今天江洋放暑假了,就来了,我需要他帮我。"

老人说:"好事,好事,这是好事。"

之后又看着达杰说:"家里一定要多捐点。"

达杰也说:"阿爸,这还用说吗?咱们家捐的多,别人家才会多捐的。"

香曲卓玛笑着说："明天开始我就要挨家挨户去化缘，江洋要帮我登记什么的，我一个人忙不过来。"

卓嘎说："江洋也没什么事，就让他帮你吧，也算为自己积德了。"

两个孩子说："我俩也去。"

卓嘎说："好好，你俩也去。"

老人接着说："明天我先带江洋去村里的嘛呢寺替他奶奶点上几盏酥油灯，这一个月来我梦见他奶奶好几次了，有一次她还问起了江洋。"

江洋对老人说："好好，咱俩先去嘛呢寺。"

两个弟弟也说："我俩也要去。"

老人看着他俩说："好好，你俩也去点酥油灯。"

香曲卓玛看着江洋说："江洋，你脖子上那个很大的黑痣还在吗？你一生出来你阿妈卓嘎就认出来了，和你奶奶脖子上的黑痣一模一样，真是很神奇啊。"

江洋说："还在呢，好像还变大了。"

卓嘎笑着说："因为你也长大了嘛。"

两个孩子看着江洋说："哥哥，让我俩看看那个痣吧。"

江洋说："晚上睡觉时再让你们看。"

睡觉前，两个孩子很好奇地看了江洋脖子上的黑痣，想了想之后问老人："爷爷，哥哥真的是奶奶的转世吗？"

老人说："当然是啊，这还用问吗？"

两个孩子又问老人："如果哥哥是奶奶的转世,那我俩是谁的转世呢?"

老人被逗笑了,说:"你们还没有确认是谁的转世,但肯定是六道轮回之中的某一个生灵的转世啊。"

三弟说:"那我做你的转世吧,那样你对我也会像对哥哥江洋一样好的。"

老人瞪了他一眼,说:"我还没死呢,转什么世啊?"

两个孩子有点不解地看着老人。

吃了早饭,他们就去了嘛呢寺。

他们把酥油灯点着之后,双手合十站在佛像前。老人一阵念念有词之后,闭着眼睛祈祷着。一会儿之后,又对三个孩子说:"现在你们也可以祈祷了。"

三个孩子也闭上眼睛像模像样地祈祷,之后睁开眼睛看着老人。老人开始磕头。他们也跟着磕起头来,故意把额头撞在木地板上,发出"咚咚"的响声。

走出嘛呢寺时,太阳已经升起老高了。两个孩子问老人:"爷爷,你刚才是怎么祈祷的?"

老人笑着说:"我对你们的奶奶说你的转世江洋来给你点酥油灯了,你不用再牵挂了。"

两个孩子又问:"那你没说我们俩也来给她点酥油灯了吗?"

老人大声地笑着:"也说了,我说你的两个小孙子也来给你点酥油灯了。"

两个孩子就高兴地笑。笑完之后,又突然问:"这样祈祷奶奶能听见吗?"

老人说:"当然能听见,只要你说心里话就能听得见。"

两个小孩"哦"了一声。

老人问两个小孩:"那说说你们俩怎么祈祷的?"

两个孩子看着江洋说:"哥哥先说。"

江洋看了看老人说:"其实我也没说什么,我就说我在学校里一切都很好,学习成绩也很好,请奶奶放心。"

老人又看三弟,三弟说:"我祈祷奶奶提醒阿爸到时不要忘了给我们买气球。"

老人瞪了他一眼之后问二弟:"你呢?"

二弟想了想,看着三弟说:"我跟他的一样。"

老人随后骂了一句:"没出息,要知道是这样就不带你俩来了。"

回来的路上,江洋问老人:"爷爷,我真的是奶奶的转世吗?"

老人看了一眼江洋说:"当然是啊,这还用问吗?你妈生下你时,我看见你脖子上那颗跟你奶奶脖子上一模一样的黑痣,我就知道你是你奶奶的转世了。后来为你奶奶作法时,顿珠活佛也证实了这一点。"

江洋又问:"我怎么一点也不知道呢?"

老人说:"你长大了当然就不知道了,你刚会说话时还经常说一些你奶奶生前的事呢。"

江洋说:"我怎么一点也不记得了?"

老人说:"人越长大就越容易会失去一些灵性的东西。"

卓嘎和尼姑妹妹香曲卓玛坐在炕上聊天时,香曲卓玛无意间在枕头底下发现了卓嘎从卫生所要来的那个安全套。

香曲卓玛拿起那个东西看了看,问:"这是什么?"

卓嘎从香曲卓玛手里抢过那个东西,笑着说:"给我,快把那个东西给我。"

香曲卓玛看着卓嘎手里的那个东西,一脸好奇,问:"快说啊,这到底是个什么东西?"

卓嘎暧昧地笑,不说话。

香曲卓玛又问:"快告诉我,那是个什么东西?"

卓嘎这才凑过身子对着香曲卓玛的耳朵嘀咕了几句。香曲卓玛立即从姐姐身边逃开,显出很害羞的样子,嘴里发出"呸呸"的声音,不敢在姐姐面前抬起头来。

卓嘎就赶紧把那个东西给塞到枕头底下了。

香曲卓玛还是不解地看着那个地方,卓嘎起身出了屋子。

江洋回来之后,就和香曲卓玛去村里挨家挨户地化缘。村民都力所能及地捐一些钱和物,还说修建寺院大殿时一定去帮忙。香曲卓玛似乎有些意外地对江洋说:"没想到村民们还是那样热情,没太大变化。"

他俩回到家时，江洋看见父亲和爷爷在羊圈里忙乎着，就过去帮忙了。待香曲卓玛进屋之后，达杰就把那只新疆种羊牵到了羊圈里。羊圈里的羊们显得有些不安，受了惊吓的样子。新疆种羊看着羊圈里骚动不安的母羊们。一些胆子大的母羊也主动过来谨慎地闻一闻新疆种羊身上的气味，又马上不安地离开了。

新疆种羊又盯着那只拴在羊圈边上的被喂养起来准备卖掉的母羊看，还发出"咩咩"的叫声。那只母羊有点惊慌，不敢看新疆种羊。

这时，达杰拉住新疆种羊笑着说："这是个不中用的家伙，这个就不用你费力了，等会儿你好好发挥就行了。"

老人也"呵呵"地笑着，看着新疆种羊。

江洋看了看那只拴着的母羊，又看看急不可耐的新疆种羊，又看了看父亲和爷爷的样子，脸上也露出一种奇怪的表情。

达杰看着老父亲说："阿爸，现在放开它吗？"

老人说："再等一会儿吧。"

他们就又等了一会儿。新疆种羊显得更加骚动不安。它看上去急于想挣脱拴住它的绳子，冲到羊群里。

老人终于解下围着种羊下体的那块红布，拿在手上看了看。那块红布脏兮兮的，沾满了种羊自己的精液。之后，老人就说："放开它吧。"

达杰放开了新疆种羊。

新疆种羊一下子挣脱达杰手里的绳子，万般饥渴地冲向羊群。

达杰和老人,还有江洋怔怔地看着冲进羊群的新疆种羊。他们看见新疆种羊跟在几只母羊后面,闻着它们的屁股。最后,新疆种羊跟定了一只母羊,追逐着那只母羊。新疆种羊在羊圈里把那只母羊追来追去,有几次准备把前腿搭在母羊的身上,都没有成功。最后,新疆种羊终于把前腿搭在了母羊的身上,做出攻击的样子。

三个男人张大了嘴巴,一开始脸上的表情很严肃,慢慢露出了笑容。

屋里两个小孩子正趴在窗户边上,透过窗户的格子看外面羊圈里种羊配种。

过了一会儿,三弟说:"看,哥哥你看,新疆种羊趴到那只母羊身上了。"

卓嘎和香曲卓玛这时正在做饭,听到孩子说话,就走过去看了一眼说:"过来,小孩子不许看这个。"

两个孩子还是赖着不动。

卓嘎揪着两个孩子的耳朵,把他俩拉到锅台边上,让他俩帮着烧柴禾。

烧了一会儿,二弟问:"阿妈,阿爸他们把那只新疆种羊放到咱们家的羊群里是干什么呀?"

卓嘎看着香曲卓玛笑了笑说:"小孩子不许知道这个。"

说完,尼姑妹妹也笑了起来。

连续配了两三次之后,新疆种羊身上那种蠢蠢欲动的劲儿几乎没有了，它只是站在离母羊们较远的地方，显出疲惫的样子。偶尔跟在几只母羊后面闻一闻，很显然也没有那么高的兴致了。偶尔几只母羊还主动过来闻一闻新疆种羊，用头蹭一蹭它，它也不怎么理它们。

趴在窗台后面的两个孩子也看着外面说："新疆种羊现在看上去好像很累很累的样子，也没有什么精神啊。"

卓嘎过来揪着他俩的耳朵说："去，你俩去炕上玩。"

两个孩子就乖乖地去炕上了。在炕上玩时，二弟无意间在枕头底下发现了那个安全套。二弟惊喜地碰了一下三弟，偷偷给他看。三弟看了一眼那东西，又看了一眼在锅台边上忙乎的卓嘎和香曲卓玛。

卓嘎看着他俩的样子问："你俩又在搞什么鬼啊？"

他俩说了声"没什么"，互相使了个眼色，赶紧把那个东西塞进裤兜里，起身从炕上下来了。

卓嘎盯着他俩问："你俩去哪里？"

两个孩子几乎异口同声地说："我俩出去玩。"

两个小孩出去时，看见父亲达杰走过去捉住了新疆种羊。之后，他让江洋捉住了一只母羊。母羊显得惊慌失措。达杰把新疆种羊往那只母羊旁边拉，老人也过来帮忙。新疆种羊有点抗拒，但最后还是被拉到了那只母羊旁边。

三个男人很吃力地让新疆种羊跟那只惊慌失措的母羊交配。之后，他们放了那只母羊。母羊惊慌失措地跑进羊群里，回过头看着新疆种羊和三个男人。

达杰又让江洋去捉另一只母羊。母羊们似乎都受惊了，到处跑。江洋在羊圈里到处追那只没有捉到的母羊。

达杰有点生气，让老人牵住新疆种羊，过去帮江洋捉那只母羊。江洋轻轻地走到那只母羊后面，一伸手抓住了母羊的后腿，但自己摔了一跤，母羊一蹬腿就跑掉了。

达杰看着很生气，跑到母羊前面从前面堵住母羊，看着摔倒在地上的江洋说："快起来，快起来捉住它！"

江洋慢吞吞地爬起来走过去，伸手抓住了那只母羊的后腿。

达杰看着儿子笑，说："抓紧了，不要让它再跑了，就剩这几个了，配完之后咱俩今天下午就得把种羊给人家送回去了，就没有机会了。"

说完过去帮江洋把母羊拉到了新疆种羊旁边。他们强迫新疆种羊跟那只母羊交配。

两个孩子还站在原地看这些。达杰突然看见了他俩，对着他俩喊："看什么看，快去玩去！"

两个孩子就一溜烟跑了。

达杰看上去也显得有些疲惫，他看着老父亲说："我看也差不多了，今天得把人家的种羊送回去的，说好只用两天的，咱们得说话算话，明年还得求人家呢。"

老人看了看羊群说："也差不多了，还回去吧，明年的羊羔肯定好。"

达杰看了一眼江洋说："你也跟我去吧，这次还得带上一只母羊呢。"

午饭之后,他俩就上路了。路上,达杰又看见两个小儿子在路边鬼鬼祟祟地说什么,就停下摩托问:"你俩在干吗?像贼似的。"

两个小孩其实在商量该怎么处理那个安全套,看见父亲就赶紧藏起来说:"没干什么,我俩在玩呢。"

达杰瞪了他俩一眼,说:"你俩等会儿早点回去,下午还得跟爷爷一起去放羊。"

两个小孩赶紧说:"好呀。"

达杰加了油门,看了一眼在后座上和母羊绑在一起的江洋说:"抓牢啊,不要掉下来了。"

新疆种羊被夹在车把和达杰的肚皮之间,看上去很难受,但是它却一动也不动,似乎很舒服,也许是太累了吧。

两个孩子看着他们滑稽的样子就笑了,然后问:"阿爸,你这次去县城吗?"

达杰想也没想就说:"不去不去,我俩去还人家的种羊呢,哪有时间去?"

三弟很认真地说:"万一去了不要忘了给我俩买真正的气球啊。"

达杰没理他俩,一溜烟跑开了。

待摩托车的声音完全消失之后,二弟从裤兜里掏出安全套说:"这个怎么办?"

三弟想了想说:"那天咱俩拿这个做气球的时候,多杰那家伙不是很羡慕吗？他当时想拿他的哨子换，咱俩去找他，看看他还想不想换吧。"

二弟马上说："好，这个主意好，咱俩去找他。"

两个孩子到了多杰家门口，看见他们家的大门敞开着，就对着大门喊："多杰，多杰。"

门口的狗突然站起来把铁链拉得哗哗响，"汪汪"地叫了起来。

二弟看见狗有点胆怯，说："这狗不会挣断铁链冲过来吧？"

三弟说："要是跑过来，咱俩也跑。"

二弟看了一眼三弟说："要是追上了，你还跑得过狗吗？"

三弟说："别管那么多了，把多杰喊出来，换了东西就走。"之后，他"多杰，多杰"地叫了起来。

不一会儿从大门里出来一个跟他俩差不多的男孩，问："你俩找我干什么？"

二弟直接问："你那个哨子还有吗？"

男孩从兜里拿出哨子，吹了吹，说："怎么了？"

二弟说："你那天不是想拿哨子跟我们换气球吗？"

男孩问："你们的气球呢？"

二弟从兜里拿出那个安全套说："在这儿呢。"

男孩走过来仔细看了看安全套，说："这是什么呀？这怎么是气球啊？"

三弟说："把它吹起来就是气球了。"

男孩说："那你吹给我看。"

三弟就撕开包装,对着嘴吹了起来。

越吹越大,开始有了气球的样子,怪模怪样的。

男孩笑了,说:"呵呵,还真是个气球啊!"

两个孩子得意地笑,然后看着多杰问:"换不换?"

男孩不假思索地说:"换。"然后把哨子给了他俩。

两个孩子也把"气球"给了多杰,说:"不许后悔啊!"

男孩说了声"好"之后,就举着"气球"跑进家里去了。

两个孩子也说了声"快走",就吹着哨子沿着来时的土路跑起来了。

达杰的朋友很满意达杰作为回报送给他的那只母羊。达杰也极力地赞美朋友借给他的新疆种羊如何威猛,如何厉害。朋友惬意地享用着达杰的那些赤裸裸的、很直接的赞美,好像赞美的对象不是新疆种羊,而是他自己。

之后,他俩喝了很多酒。喝得微醉时,达杰的手机响了。达杰让儿子江洋接电话。

江洋接了电话之后,眼睛直愣愣地看着父亲达杰的脸,说不出话来。

达杰随口问:"怎么了?"

江洋开始紧张地喘气,还是说不出话来。

达杰的朋友看着江洋的样子,也盯着他看。

达杰推了一把江洋,问:"到底怎么了?"

江洋这才结结巴巴地说:"爷爷没了,下午放羊时从山上摔下来死了。"

达杰的酒似乎一下子醒了，问："什么？"

江洋说："爷爷死了。"

达杰和江洋赶到家里时已是黄昏时分，几个喇嘛在为亡人念经做法事，村里的一些亲戚朋友在念六字真言，气氛很悲凉。达杰似乎不太相信这突如其来发生的事，脸上一副莫名的表情，也不跟任何人打招呼，就直接跑进了父亲的卧室。卧室里有点昏暗，炕上的一个方桌上点着一盏酥油灯，酥油灯也快灭了。达杰坐在炕沿上，看着那盏快要灭了的酥油灯，流出了眼泪。

办完丧事，达杰和江洋就去了寺院。

达杰给活佛献上了丰厚的供养之后，请求活佛超度父亲的亡灵。活佛闭上眼睛，念了一些经文之后，睁开眼睛说现在你们可以回去了。

达杰似乎有话要说，犹豫了一下之后，终于开口问活佛："仁波切，我父亲的灵魂会转世到什么地方？"

活佛看着他问："你阿爸是属什么的？"

达杰说："属马。"

活佛又闭上了眼睛，还不时拨动手里的念珠。达杰和江洋就蹲在那里静静地看活佛脸上表情的变化。

过了一会儿，活佛突然睁开眼睛说："老人会再次投胎转世到你们家里。"

达杰一脸不解的样子。

活佛又补充似的说:"时间是今年。"

达杰的脸上更加不解了。

活佛在一张纸条上写上一些经文的名字,笑着说:"回去找个僧人念念这些经文吧,老人很快就回来了。"

达杰的脸上是更加疑惑不解的样子,想问什么又终于没有说出口。

晚上,达杰把活佛说的话告诉了卓嘎。

卓嘎说:"不可能,三个孩子还这么小,家里又没有其他女人,这怎么可能呢?"

达杰说:"我也这么想,可是活佛就是那样说的啊。"

卓嘎说:"你当时没把家里的情况告诉活佛吗?"

达杰说:"我怎么说?难道我对活佛说你说的这样的事情不可能发生吗?"

卓嘎没再说什么。

第二天一早,达杰就去还做法事时从别人家里借的一些东西。回来看见老婆卓嘎坐在门口若有所思的样子,就问:"你在想什么?"

卓嘎看了一眼达杰,一副欲言又止的样子。

达杰又问:"你怎么了?"

卓嘎磨蹭了一会儿,最后说:"给你说个事。"

达杰问:"什么事?"

卓嘎说:"这个月我没来。"

达杰问:"什么?"

卓嘎说:"我是说这个月我没来月经。"

达杰问:"这是什么意思?"

卓嘎说:"我要去医院看看。"

到了卫生所,索南扎西看见卓嘎进来,就笑着对周措说:"我出去抽根烟。"

周措也笑了,让卓嘎坐。

卓嘎的表情有点怪怪的,看着周措动了一下嘴巴。

周措就问:"你怎么了?是不是又来要那个东西了?那东西还没到呢。"

卓嘎说:"我不要那个东西。"

周措问:"那你来干什么?"

卓嘎说:"我这个月没来。"

周措收起脸上的笑,说:"不会吧?"

卓嘎说:"真的。"

周措说:"那就查一下,查一下就知道了。"

周措给了卓嘎一个试纸条,说:"你自己去弄一下,知道怎么用吧?"

卓嘎说:"不知道。"

周措就把使用方法告诉了她。

卓嘎从卫生间出来后,把试纸条递给周措大夫看。

周措看了一眼就说:"你怀孕了。"

卓嘎不说话了,在想着什么。

周措问:"现在怎么办?"

卓嘎开口说:"我不知道。"

周措说:"这有什么不知道的?赶紧拿掉吧,越早做就越少痛苦,今天就做掉吧。"

卓嘎又不说话了。

周措开导她说:"你已经有三个孩子了,再生一个干吗?咱们藏族妇女又不是天生就为了给男人生孩子才来到这个世上的。以前,一个女的生五六个、七八个孩子,那么辛辛苦苦,干吗呀!你看我现在就一个孩子,也没觉得有什么不好。除了自己轻松,拿到补贴,孩子还能受到好的教育。"

卓嘎还是不说话。

周措说:"你倒是说话呀!"

卓嘎担心地说:"我得回去问问达杰。"

卓嘎快步离开,周措在后面喊:"卓嘎,你想清楚,再生还会罚款呢!"

卓嘎到家时,达杰在门口劈柴。

卓嘎走过来停在一边。达杰停下劈柴看卓嘎。看卓嘎不说话,达杰就问:"医生怎么说?"

卓嘎还是不说话。

达杰再次问:"医生到底怎么说?"

卓嘎说:"我怀孕了。"

这回,达杰不说话了,若有所思的样子。

进屋后,看见尼姑妹妹香曲卓玛坐在火塘边上,卓嘎就坐在了她的旁边。

香曲卓玛看着姐姐说:"你怎么了?"

卓嘎想了想说:"我怀孕了。"

香曲卓玛有点兴奋,说:"活佛的预言多准啊,活佛就是活佛,具有看得见今生和来世的慧眼,我们常人真是无法想象啊,我们凡人有时候还怀疑,真是罪过。"

卓嘎瞪大眼睛看着自己的尼姑妹妹,说:"啊,你这么想?"

香曲卓玛不假思索地说:"那当然,要不然为什么偏偏在这个时候你怀上了?"

卓嘎觉得自己的身体几乎要瘫掉了,过了一会儿才说:"医生建议我拿掉这个孩子。"

香曲卓玛的嘴里呼出了一声奇怪的声音,说:"姐姐,你可千万不能胡来啊,亡灵既然选择某个肉身再次回到这个世界,那么拒绝他的降生对于他来说是非常残酷的事情;同时,能够成为某个灵魂依托的肉身,也是千年修得的积缘啊!"

晚饭时,达杰也突然感叹道:"活佛真是厉害啊!"

两个孩子也大概知道是怎么回事了,笑着说:"这么说爷爷很快就要回到咱们家里了。"

达杰连连点头,两个孩子就乘机说:"阿爸,你可不要忘了到时给我俩买彩色气球啊,你可是在爷爷面前答应过我俩的。你要是不买,爷爷会在天上看着你的。"

达杰似乎被惊了一下,马上说:"当然要买,当然要买。"

江洋看着他们,一直不说话。

第二天,整个村子的人都知道了这件事情。

香曲卓玛继续去化缘,回家时看见姐姐卓嘎一个人坐在院子里的一个木凳上发呆,就问:"你又在想那件事情了?"

卓嘎不说话。卓嘎端了一盆水去喂那只拴在外面的母羊。那只老母羊被喂养得越来越膘肥体壮了,见卓嘎拿来水,就冲过来要喝。卓嘎把水放在了母羊面前。母羊很快就把水喝完了,很渴的样子,看着卓嘎。卓嘎没再理它。

晚上,达杰和卓嘎在炕上躺着,都不说话。达杰看上去有点高兴,卓嘎在想着什么。达杰看了一眼卓嘎,点上了一支烟。等他抽完了,卓嘎坐起来,看着达杰说:"我想拿掉肚子里的孩子。"

达杰一下子坐了起来,盯着自己的老婆卓嘎,似乎不相信她会说出这样的话,愣了一会儿才问:"你刚才说什么?"

卓嘎的表情没有变化,马上说:"我想拿掉肚子里的孩子。"

达杰一下子就火了,说:"你这个妖女!你这个没良心的东西!老人生前对你那么好,你就不想让他转世投胎到自己家里吗?"

卓嘎说:"我也不想这样,可是——"

达杰问:"可是什么?"

卓嘎说:"我是在为这个家着想。"

达杰扇了卓嘎一巴掌,说:"要是肚子里的孩子是你父母的转世,你会这么说吗?"

卓嘎流出了眼泪。慢慢地,她哭了起来,声音越来越大,怎么也止不住了。

吃完早饭,江洋说:"今天我去放羊吧。"达杰说:"还是我去吧,母羊们刚刚配完种,这个时候要好好保护它们,让它们吃饱,这样明年才会有好羊羔。"

达杰走到门口,想起什么似的回头对江洋说:"好好照料那只老母羊,到你开学时就得把它卖了给你交学费生活费。"

说完就出去了。

江洋拌好饲料,拿去喂那只老母羊。老母羊看见江洋来喂饲料,似乎很高兴。江洋把饲料放在母羊前面,看母羊吃。母羊很惬意地吃着。江洋看着母羊无忧无虑地吃的样子,想到很快就要把它卖给屠夫给自己当学费生活费,有点不忍,准备起身回去。

这时,香曲卓玛出来了,看见江洋就说:"我去收一下昨天还没有收到的善款,有几家还没有收上来。"

江洋站起来说:"要不要我去帮忙?"

香曲卓玛说:"不用了,不用了,就那么两三家,我一个人去就可以了。"

吃完早饭,一直闷闷不乐的江洋突然对卓嘎说:"阿妈,你把你肚子里的孩子生下来吧,爷爷生前对我最好,我想让爷爷回到咱们家里。"

卓嘎吃惊地看着江洋。

达杰在山上放羊时，遇见了也在山上放羊的贡布老人。老人问他："快满七七四十九天了吧？"

达杰说："过两天就满了。"

老人说："你阿爸有你这样一个儿子真是好福气啊。"

老人和达杰的父亲是好朋友，看见老人，达杰的心里生起了一股伤感。达杰说："其实我心里很愧疚，没有管好老人。"

老人说："你已经很孝顺了，你阿爸能投胎到你们家，就说明他很留恋这个家，要不然不会再回来的。"

达杰说："我阿妈死后也投胎回到了自己家里，阿爸生前也说过他死后还想回到这个家里的话。"

老人说："你们可要好好珍惜啊，这样的缘分是很少见的。听说你家卓嘎不想要这个孩子，是真的吗？"

达杰有点紧张地说："没有的事，没有的事。都是村里人在胡说八道。"

老人说："没有就好，没有就好。"


七七四十九天之后，家里又做了法事。

喇嘛们念了一天的经。等喇嘛们离开之后，突然停电了，屋里黑咕隆咚一片，谁也看不见谁，只能听见彼此间的粗重的喘气声。

黑暗之中，传来了尼姑香曲卓玛的声音："明天我想带姐姐到山上住一段时间。"

她的声音像是来自另一个世界。

黑咕隆咚之中没有任何回应，一片沉默，连彼此间的喘气声也听不到了。

第二天天刚蒙蒙亮，香曲卓玛就带着姐姐卓嘎离开了。

出发之前，达杰、江洋和两个孩子都起来送她俩。

最后，卓嘎小声对江洋说："到了学校好好学习，不要担心阿妈，阿妈没事的。"

江洋使劲点了点头。

过了几天，江洋也开学了，达杰就捎着江洋和老母羊去了县上。

到了牲畜交易市场，他们被羊贩子们围住了。羊贩子们一忽儿抱起母羊掂量掂量，一忽儿又捏捏母羊的脊梁骨，一忽儿又扒开母羊的嘴巴看看，弄得江洋很不舒服。达杰只是在旁边看。最后，羊贩子们跟达杰谈价钱，讨价还价。但是达杰很镇定，咬住一个价不放，最后就成交了。羊贩子看上去不太愉快，不太情愿地数钱，最后拽着母羊走了。江洋早就跟这只老母羊混熟了，最后看着它被羊贩子们拽走了，想到很快就要被他们宰掉了肢解掉卖掉，被别人煮了吃掉，心里难过起来。

达杰数完钱，把钱装进兜里，看了一眼那只老母羊，就带着江洋离开了。

到了学校门口，达杰从刚才卖羊的钱里面抽出几张一百的给了江洋，说："快去吧，阿爸就不进去了。"

江洋犹豫了一下说："阿爸，我也跟你回去吧，我不想再念书了。"

达杰瞪着江洋说:"你胡说什么呢,你这样说阿爸就生气了!"

江洋没再说什么,一副忧心忡忡的样子。

达杰说:"不要想家里的事情,你只要好好学习就行了。"

江洋还是没有说话。

达杰骑着摩托车走到街上时,在路边的一个摊位上看见了许多彩色的气球。

他在摊位前停住了,摊主对着他叫卖:"卖气球,卖气球!"

达杰看了看那些气球,突然说:"我要买两只红气球。"

摊主从众多彩色气球里面挑出两个红气球给了达杰。达杰把那两个气球拿在手里看看,又像个小孩子一样晃了晃它们。

摊主说:"你拿在手里要小心,气球里面是氢气,小心飘到天上去。"

达杰就用生硬的汉语问:"两个一共多少钱?"

摊主说:"本来一个三块钱,你要两个就给你便宜一点,一共五块钱吧。"

达杰也没说什么,直接从兜里拿出五块钱给了摊主。

之后,他把两个红气球拴在了摩托车的车把上,气球立即飘了起来。

摊主看着他说:"这样还挺好看。"

回家的路上,两个红气球一直在摩托车的车把上飘荡着,达杰看着觉得很惬意。

回到家里,他把气球给了两个孩子。

两个孩子很高兴,拿着气球使劲地跑起来。

他俩跑到一处开阔的草地上时,"砰"的一声响,其中一个气球突然爆掉了。

他俩就抢另一个气球,最后还打起来了。突然之间,那个气球从他俩手里脱落,飘向了天上。

两个孩子张大了嘴巴,仰着头看那个飘向天上的红气球。

红气球在天上越飘越高,越飘越小,最后消失不见了。

万玛才旦,男,藏族,电影导演、编剧、作家、文学翻译者。电影作品有《静静的嘛呢石》《塔洛》《撞死了一只羊》《气球》等,曾入围威尼斯国际电影节等重要电影节,获威尼斯国际电影节最佳剧本、布鲁克林国际电影节最佳影片等近四十项大奖。已出版藏、汉文小说集多部,获林斤澜短篇小说奖、花城文学奖等多种文学奖项,已有英文、法文、日文、韩文等语种小说集译本出版发行。小说作品曾入选"中国年度小说排行榜"等专业榜单。

# 球与枪

鲁 敏

一

两位来者皆着便装，但眼神饱浸着职业性的厌倦与批判感，全世界都是嫌疑人。打印出的几张截图画质都很差，靠近反而看得更不清楚，穆良还是尽可能地往前倾，三十五年的时日塑造出他习于谦恭和配合的肢体。截图中人的衣着装扮、面部特写、身上的双肩包，无不显示出，那就是穆良。

是你吧？来人之一，第三次这样问。他有一对显目的双眼皮。

截图来自老凤祥珠宝店的监控，反复比对，确认画中人在下午四点左右进入，有进无出。后从卫生间窗台外找到数枚脚印，认为他藏进了三楼空调外机处，伺机作案。当夜的监控被黑屏了。被解锁的两只保险柜附近找到一些新鲜纤维组织，认为来自画中人的双肩包。谈话中有半藏半露的表示:他们"什么都掌握",以震撼穆良。

穆良也第三次解释,为显得更加诚恳,他着意调整了部分句子的顺序。上班不好离开的,随时会有人找。这份工作就是在办公室呆着。是有只那样的双肩包,上下班用,今天我也用的,喏。那天我绝对哪儿都没去。单位出入口有监控,可以调出来看嘛。包括我必经的路口,还有小区,也都有探头……

你只需要回答,这是不是你?双眼皮打断他。

看上去像。穆良斟酌了用词。稍停他又勤勉补充,实际也早讲过了。老婆那晚不是有点胎动异常嘛,妇幼医院说要留院观察,我是通宵陪护的。不行我回家拿病历去。哦对,估计医院也有监控。

那怎么解释老凤祥这个监控?你自己讲讲哪?

确实也理解不了。

这是我们第几次找你了?

算上这回,嗯,第六次吧。

这不说明什么吗?双眼皮张开嘴,像呼唤一个显而易见的答案。

说明……穆良机械附和,稍停。六次都是根据监控。其实只要把我这里的监控也调出来,你们就会看到……

不要再重复这些了,肯定有一边是烟幕弹、调包计。除非真有另一个你?一直没说话的那位开口了。他没有双眼皮,只有很重的眼袋,像坠着一包混浊的往事。

厚眼袋和双眼皮，唉，前后打了六次交通，每次都会眼珠不错地放肆打量他，最初的不适感过去之后，穆良反倒有点亲切了，也习惯于这样颠三倒四、回环往复的询问。他们并不就认定他必然是那个劫匪，但确乎又把他作为他们的工作对象。他们，是在意他和需要他的。

人和人都是这样的吧。卖东西的需要买东西的，看门的需要访客，老实人需要耍滑头的。包括单位每周一次的集体开会学习，人们从各自所在的小办公室出来，准时汇聚至一个大会议室，济济然一堂，听坐在上面的人讲话。大人物讲话时，那样抑扬有致，间或摇头，间或插入各种引申或训诫，穆良在仔细聆听之中，总有种触动，感到那里葆有着一种私人温度的曲衷，好像只有在这个时候，大人物才有机会讲话、也才有人听他讲话。那种需要与被需要感，真是赤裸而动人……

除非有另一个？另一个你？厚眼袋又问了一遍，或者是刚才的余音，只是因穆良的胡思乱想而滞留了几秒。

我明白您的意思。穆良忙欠欠身。去年，不是也让我做过脑科测试的吗，我也查过资料，人格分裂什么的。确实也不是。穆良轻哂一声，表示遗憾和抱歉。如果你们需要，我可以再做一次检测。

你独生子？双眼皮突然插话。

是啊，我83年的。

父母都好？口气别有深意。

我母亲走得比较早。父亲倒是能吃能喝，只是脑子有点小糊涂。但这种事他是明确的：我没有任何兄弟姐妹——这你们第一次就了解的。穆良用更耐心的语调回答。同胞兄弟是最初的假设，看来到现在还没有放弃。他倒巴不得是这个呢。

自然情况，有时也会发生变化。厚眼袋的语气略带疲惫，穆良喜欢他那疲态。

是啊，自然情况。穆良积极应和。我很简单的。就在本地上的大学，学的是公共管理，毕业后就考到这里坐办公室。爱人是数学老师，去年底怀上了小孩。

想到什么特别的，或忘记什么没讲的。跟我们联系。

好的好的，号码一直存着的。二位慢走。

## 二

从五年前第一次被警方找上门开始，穆良就有隐约的感知，监控里与他酷似的那人，他见过。但仅止于此，他并没有去进一步推敲或计较。这里有种难以解释的淡漠与懒洋洋。反正跟他无关，反正在那些被怀疑的时间段，他是绝对干净的。不仅是那些时间段，他所有的时间、地点、经历，都可以成为呈堂证供。他有写日记的习惯，记下白天各样事情。他喜欢结结实实、天地坦荡的感觉。

那人没有出现在日记里，并非有意：穆良只记录自己了解和熟悉的人物。那人绝不能算的，连姓甚名谁他都不知道——

那天,有敲门声,穆良即刻去应门,以为是下楼散步的父亲回来了。父亲一敲就得开。有一回,他迟开了一会儿,父亲就掉头下楼走到另一幢楼的同一个位置去敲了,敲不开,他又下楼继续往另一幢去了——楼道与入户口的探头记录下了父亲这滑稽的执着。父亲倒也坦然,事后,他用冷静的口气,像老中医自把脉:我记忆力出了问题。随便哪家,只要给我开门,我就进去做父亲,都行!他摸摸下巴,颇得意似的。

门外不是父亲,是一个惊奇:穆良感到他是打开了一面镜子,镜子当中就站着他本人。当然,这略带夸张,如果定下神来细看,两人的肤色、发型并不同;来人的胡子没刮,个子也略高几厘米。开口之后,也能听出口音上的差别,他不是本地的。

外地人微微点头,用营销人士的口气,自我介绍说是替附近新开张的健身会所做入户调查的,对照着表格,他一边问一边打钩:家里常住人口、年龄大小、从事职业。然后奉赠了一只粉色户外包与优惠办卡券。穆良顺从答问,又顺手接过那只包,觉得这颜色只适合年轻女人使用。来人显然跟他想到一处了,他合上调查本:"看来家里还没女主人?得加紧啦。"

短暂对视中,来人目光闪动,看来也意识到外貌上的彼此酷似。但他显然并无意特地谈论或指出,只是口气不那么营销了。穆良遂也决定平常待之。"还没谈女朋友呢。"穆良怔忡地邀他坐下,心里涌上一层薄薄的不常有的欢愉。

两人在茶几边坐下,聊了几句平淡无奇的话。对方问穆良有没有健身习惯。穆良承认他很懒,不爱运动,工作就是坐办公室。可有可无、没完没了。"多好的工作！稳定呀。"像是为了烘托穆良的这种"稳定"，来人用脏话嘲弄他自己，他妈的，他每一份活儿都比鸡巴还短。

还接着前面的话头聊到了女主人。脱口而出地，穆良吐露他对此事的无能为力，大意是：太难了，怎么能确定下这么重大的事情呢。来人颇不以为然，大大咧咧地总结了几条他对找老婆的看法，并打赌似的送出预言："你啊，绝对十个月内解决问题——到时候，我来讨要喜糖。"

对方告辞要走的时候，穆良晃晃手中的粉色包表示出礼貌的兴趣：那健身房离我家倒是不远。

"健什么狗屁身啊，我也就是替他们发个广告，保不齐过几天就走人不干了。"他在门垫处换好鞋子，很随意地道别了。

几分钟后，又有人敲门，这次是父亲。瞅着前来开门的穆良，老人遽然宣称，几乎是带着胜利感："我绝对有毛病了。刚才在院子里碰到我儿子了，还给了我一根烟，你看，这烟都还没有抽完。那现在给我开门的，是谁呢。我真的可以确诊了。"又来了，父亲抓住一切机会证明他出了毛病。穆良一度觉得既可笑又无情。渐渐也木然了，老爹就是急着不想认识这个世界了。随他吧。

到第二天出门上班，穆良才发现他的黑皮鞋被昨天那人穿错了，好在两人码数一样。他穿上丢下的那双黑皮鞋，只小半天，就觉察不出任何异样，都怀疑并没有谁穿错谁的。不过心里又强烈希望着，他那双鞋，正在偌大的城里走大街串小巷，像两张随意飘移又形影不离的树叶——这浮想中的画面真不错,他喜欢。

……这些,确实没办法写到日记里的。谁会在日记里写到一个上门做推销的人呢,谁会相信这个推销员跟自己颇为酷似呢,又如何传达和证明因这酷似而产生的莫名愉悦感呢。

三

第一次被双眼皮和厚眼袋问询的时候,穆良已与数学老师确立了恋爱关系,不出意外的话,他会与她结婚。

这场指向婚姻的恋爱,此时已延宕小半年,也算达到这样一个关乎终身的决定所需的时间长度,当然这是被众多细胞、细节和空气所支撑和膨化了的表面长度。真正的决定,差不多只有一周。

那一周,穆良终于接受了一位同事大姐的推荐,与其所介绍的女方见了面。他们一起吃了顿晚饭,看了场电影。简单几个动作,发现她具备三条起码的标准:胃口好,不大手大脚,有耐心。吃饭时,硬是吃掉了多点的一份鱼,为此还多加了半碗饭。买到的电影票是四十分钟后的场次,两人长时间默然对坐,专心等着电影开场。送她回家时,女孩显示出对公交换乘的熟稔。穆良就此做出决定:诚恳地去追求与爱慕她,结婚生子过日子。此决定一下,登感百骸通畅,身轻如燕,简直都有了一种宽广的平静感。

只是，那几条找老婆的杠杠，是打哪里冒出来的呢？怔了一会儿，穆良终于想起来，就是上门发健身房优惠券的那位酷似者说的嘛。记得他那信口开河的表述，夹杂着脏话。也许正是那不负责任般的粗鲁，让穆良给记住了，并照此办理了。也不排除穆良本来就是这样想的，只不过，需要借他之口总结出来罢了。

穆良很高兴他记起了这个出处，同时也顺带想起，那人还说过要上门讨喜糖的呢——固然，穆良跟这位数学老师，并不是非彼此不可，但这无碍他们的结合。两个人的或对坐或同行或拥卧，总归比一个人的枯坐、孤行与独眠，看上去要稳定和像样子多了。确实应当记上那位酷似者的一笔功劳，得给他备好喜糖。穆良在脑子里想着。不久，忙于筹备婚事和应对老父，也就淡忘了。

老父的病症，如他本人所竭力追求的，越发严重了。买豆腐、理发以及散步，走了十来年的路了，统统会迷路，困在四五公里之外的安全岛或双向车道当中。被求助的派出所警员总不急不忙喝一口水，含半根茶梗子在嘴里："你晓得全国，算了，就我们全市吧，不，就咱这所的管辖范围，注意，绝对不算公司、银行、学校、超市、小区里头他们自个儿配的那些，就光这大马路，你猜，有多少个监控头？"穆良摇头，求知和佩服的表情。警员把茶梗子换到另一边嘴角："说出来真怕能吓死你！总之，每个路口吧，起码仨枪头，广场什么的还加球形，

180度或360度。"他很灵活地先后比画出打枪、画弧线和捧球的手势。"只需要把各个路口的数据啪啪啪切出来,一碰,你家老爷子的路演大片就出来了。"他终于吐出茶梗子,大力敲打键盘。实际上,"路演大片"比他所吹嘘的要费劲很多,太多机位又太多主演了,而且画面都很枯燥。夜深人稀时,偶尔路过的身影要不黄巴巴要不蓝荧荧,如同孤魂野鬼。白天更麻烦,人影稠密而混乱,走走停停像一群无头虫子,好几次,都要循着警员的食指,穆良才能勉强辨认出灰扑扑的父亲。每个路口,老人家都审慎地驻足良久——其实,这些街巷兜兜转转,起码有两个方向,都是能够绕回家的,父亲最终所选,必然是那第三条路径。穆良抱歉地瞅瞅警员,后者灌一嘴茶,熟练地又抿住一根茶叶:"关医院去吧。老这么折腾有意思啊。"

穆良最终会在某处接到父亲,后者表演地瞪着他。穆良只好自我介绍,父亲专等着一般,追根刨底地诘问:"怎么我就是你爹、你就是我儿子了?你给我说清楚,你到底是谁?你干吗的呀?"穆良虽是一丝不苟地反复作答,解释自己的姓名工作父子关系,却总感到一种莫名的理亏,好像反倒是他本人经不得追究。"听听看,你这都是什么呀!"父亲笑了,"你绝对、绝对不是我儿子。"

穆良也试着介绍未婚妻给父亲,话才讲到一半,父亲阴下脸打断,"搞什么啊,你自己都讲不清,还要再加一个讲不清的……送我走吧,这里真是呆不下去了。"父亲挥手,强化或驱赶某种想法,面容中竟显出无限哀戚。数学老师被吓住了:

"这么严重,肯定得送医院啊。"穆良干巴巴地笑着,无意也无从辩护。证明自己证明女方证明爱情都是困难的,继而再证明他们的这桩婚姻,难度又何止是翻倍?

他这才又想到卖健身卡的那位,多少带点怨尤,可不就是听信了他的那几条胡扯。随即又自嘲起这种怨尤,那只是偶然登门的陌生人而已啊。

直到双眼皮和厚眼袋双双登门,他们拿出一张不大清楚的打印照片,还有一张很清楚的个人证件照——无论清楚与否,二者都指向穆良,穆良逐一点头承认。等他点完头,双眼皮告知,前者来自新近发生的劫案监控,嫌疑人腋下的挎包里有八万现金,被劫者刚刚离开银行五分钟。后者则取自穆良单位。

穆良听罢,忙以口头方式把点过两次的头收回一次,脑子里笔直就想到了健身优惠券,心里"呀"一声,有种打起惊鸟、却在彼处的收获感。他探讨般地追问:"这打印太糊了,你们从监控录像里头看,真的像我?"问了一遍之后,又换种方式问了二遍三遍。三度的确认使他感到一种踏实,像摸索中的搭扣"咔嚓"碰牢似的。

双眼皮把这理解为一种嘲讽。从电信部门调出的单子来看,抢劫发生时,穆良所在的办公室正好有通话记录,据来电市民表示,他打到这个号码咨询政策,得到了刻板但还算负责的人工解答——任何人都可以替穆良接电话不是吗。但他们初次的问询还是显得客气而保守,忍受着穆良有些勃勃然的兴奋感:

"这么说,我有可能既在办公室接电话,同时又当街抢钱、完了还成功逃逸了?八万?不少哇。"

此后不久,在父亲本人几乎是满地打滚、非那么不可的要求下,穆良把他送去了一家老年康复中心。随后穆良结婚了——布置婚房的时候,他带点后怕地发现:父亲幸亏是住到外面(医院)去了,否则,这么个小套房还真是不方便结婚。早为什么没有意识到呢,他们是一对没有能力买大房的父子。

新婚妻子在客厅和卧室都放着他们的结婚照。穆良的目光时常从自己脸上掠过,由于光线在脸上形成的阴影,或是头上被抹了过多的发油,他觉得那照片里的新郎实在太像那人了,尤其是笑容,显出一种多么肤浅的喜悦啊:这全然不是他对这种生活的真实感受。

下班回家时,穆良会在楼下仰脖子看几眼窗户上的红双喜,似一种提醒与确认。

## 四

窗户上贴的红喜字掉色发白、显出风雨旧相的时候,那人再次出现,没带任何入户广告。

妻子不在家,她的确勤勉,每个周末都去一家教育机构带学生。穆良指着照片介绍。客人只点点头,跟上次比,他肤色白了些,低头看东西时,有了双下巴,显得踌躇有志。

"最近不错哦？"穆良寒暄着疑惑他的来意，又觉得自己应当是知道的。"很不错。"悍勇的笑声，指着穆良："看你，也胖了嘛。"他为此有点乐不可支，"我们连胖瘦也同步啊。"——后来想想，这大概是他唯一一次提到他们的酷似，还如此隐晦。

是的胖了。借着这也算名正言顺的婚后发胖，穆良讲起妻子拿手的几样菜式，每周轮着做；讲起他们的作息起居，正在形成的家庭分工上的规律。比如他从来不洗内裤袜子，但要负责清洗马桶。他睡在床的左边。起床后要把睡衣挂到阳台晾起。等等。他复述这些平白无奇的细节，好像这就是婚姻中值得称道的关键所在。

如穆良隐约预感的那样，对方果然爱听。他两只手抱着后脑勺，歪靠在沙发上，不时打断、追问，似分毫都不能听差或错漏……喝水的时候，他在茶几上拈起一张皱巴巴的超市收银单子，用手指肚捺平，举到齐眼高，"5号电池，防蛀牙膏，橄榄菜，胶皮手套，黄桃风味酸奶。"他大声朗诵，显出无比赞赏的样子。

"收银条他妈的真是太有趣了，我经常从地上捡起来瞧上两眼，好玩哪，什么都有人在卖，什么也都有人买。货不对板的歪瓜裂枣，贵得不讲理的洋盘玩意儿，随便什么，都会一本正经地被打在清单上，被放到袋子里，被人花力气拎上楼梯，到男人女人小孩老人的手里，被吃掉被用掉被扔掉……这他妈的真叫人喜欢。"

穆良犹豫地笑着，也拿起那收银条，暗中咀嚼那一排平淡的日用品，齿舌拨动中心生戚戚，他同意的：这皱巴巴的小纸条之下，确实包裹着盎然绿意，有令人潸然的东西。也许就像他上回信口讲出"找老婆"的标准一样，这是再一次的、一种钝痛又快感的铆合。

"哦对了这个。"漫不经心从裤口袋掏出样小东西，右手换到左手又抛回右手，然后才递给穆良，眉毛挑高："你没留喜糖给我，我可给你备着贺礼呢。"

穆良正在续水，手有点湿，他注视着那份贺礼，一边在衣服上蹭掉水珠，然后才接过来。是一小坨金块，凹凸不平，似方又圆，勉强可以看作心形。熔断处有些捏合的痕迹，他把自己的手指放上去，被唤起记忆一般，感到一种温热。

穆良意识到对方在看着，或者说，在等他的反应，忙抬起头，显得有点用力了。其实并没想好，也不打算特意去想，自己该是什么表情，他只知道一点，那照镜子的鬼魅之感又来了。心里喜悦急跳，飘飘然如御风。

他重新提壶续水，讲起件小事。有天他在办公室泡茶，发现茶叶没了，于是到隔壁办公室倒了一小撮。次日他带了茶过去，也倒出一小撮茶叶，送到隔壁，让对方"也、尝一尝、他的"——边讲着，穆良把另一只手合拢，插到裤口袋，松开五指，听任那金坨坠下，他感到那玩意儿其实很轻，像羽毛一样永远无法到达口袋底部，只痒痒地挠着他的半边身子。

"妈的我第一眼就瞧出你是个仔细人，不爱多占。"显然很喜欢他这个故事，笑嘻嘻骂他两声，起身告辞。穆良的注意力还在裤口袋里，跟那变成羽毛的小金坨在一起。糊涂中把客人送到门口，一边想起到现在还不知道人名字哪，显然将永远都不会知道，更显然的一点是，他们一定还会再见。仓促中，穆良脑里冒出个ＡＢ。挺好。

　　ＡＢ后来又来过三两次，都是周末，但间隔拉得很长，差不多都是穆良快要忘了他的时候。有次他吊着只胳膊，石膏脏得发黄，脖子也缠着纱布，须发无序，喉结都显得突出了。ＡＢ瞧着穆良欲言又止的闪避模样，索性大喇喇解开外衣，又把裤子往下褪褪，展示腰背上的各种新旧疤痕，有大有小，如若干怪眼直瞪着穆良，他挺得意："这些个，你可没有吧。"

　　ＡＢ从包里掏出几只极大的石榴，是路上顺道买的，"很少看到这么大个儿的！"他喜滋滋地说，"我这人可会买东西了。还有这包，你也留着吧，口袋多，贼耐脏。"

　　穆良瞧瞧包，很平常的一只黑色帆布包，上下班用用倒是合适。心里一下子想到什么，即刻打住，只专心对付起大石榴来——不必思考，平静地接受ＡＢ的一切，哪怕只是出于懒惰——石榴真的好，籽儿一粒粒鲜红欲滴，如同血钻石。ＡＢ赞喝一声，毫不客气地抓起一大把倒进嘴里连核大嚼："就得连核儿吃，大补。"他口齿不清地吞咽着，能感到汁水在他口腔里的迸射。

　　ＡＢ总是这样，很享受"作客"，如同逛铺子或参观博物馆，他喜欢东摸西瞧、问长问短。

"这干什么用的?"拿起阳台上一只竹篾。

"晒茶叶。旧茶叶做枕头芯,去火。在卫生间烧,除臭——我老婆就爱瞎折腾。"

书桌上一盆仙人掌。他有意碰一碰,刺到了,挺高兴地让穆良用针挑出来。"没感觉啊,他妈的这能算疼吗。"

打开冰箱,拿出酱菜瓶。哦宝塔菜,哦甜生姜。扔到嘴空口就吃起来,嘎嘣嘎吱,再喝一大口茶。

"小日子啊这小日子。"他显得那样心满意足,索要一份餐后甜点似的提出要求:"跟我讲讲你上班的地方吧。那稳当工作!"

"我那工作啊……"心里一阵喟叹,穆良还是依言描述了他的办公室。恒温空调与下午的西晒。一盆绿萝,所有的办公室都有那么一盆不是吗。电脑电话机。废纸篓边上是电源插座。编了号的桌椅,椅子很硬,但也惯了。他把视线停在半空,虚拟中绕着办公室转了一圈。哦,门后面有拖把和毛巾,沙发旁边挂着备用雨伞。他无一遗漏地描述,一边感到常有的那种心怵感:就是这样一个地方,他慢慢地坐过了每一天。

ＡＢ带笑不笑地咬着下嘴唇,穆良每讲一样,他就在纸上飞快画一样,比例和位置并不准确,来不及画的他就直接写字,字挺难看。最后在办公室前的椅子上画了一个火柴棒样的人形,那便是穆良:"那每天坐着坐着,忙啥呢。"他皱着眉,带着真诚的无知。

就那些呗。要是旁人,穆良还真以为是在讽刺——转文件,打字，复印，填表格，接电话，收邮件再回邮件。有时上市里去开会，有时下县里去开会，有时就在本单位开会，有时到隔壁办公室坐坐。所以也不是只坐这里（他指指ＡＢ面前的纸），是经常换地方坐的，坐着开会——有次被父亲当作陌生人追问时，也这样解释过他的工作，看到父亲那有意捣乱的眼神，忙加了一个概括的说法：上情下达，下情上传。更引得父亲拍腿大笑："看看你，你这好比是……"他笑得呛住了，以致没能想到一个比喻。

穆良盯着ＡＢ。也许很像后者递出他那一小坨金块时的等待吧。ＡＢ短促地"哦"了一声，垂下眼皮，用笔在纸上点着。

穆良喜欢ＡＢ这时的缄默，他还没有说完呢。

"最滑稽的是快要下班，眼看着太阳在外头要没了、天要黑下来的那半个钟点。"穆良脱口讲出他的黄昏恐慌症，这是他心里的胡乱命名。每至一日将尽，就有种被压榨过的悒惶感。瞧着吧，又过去了，他正在变淡变薄，无色无味，像一张甚至都没有写字的旧纸，一天下来，连道折痕都没有增加，就要被翻过去了。这一辈子都会这样的，然后就没有了。"我经常靠在椅子上，看着光一毫米一毫米从我办公桌上移走，一秒钟一秒钟看着天黑。"吐瓜子壳似的吐词，好像一个词就代表当时的一秒钟。

ＡＢ还是没有吭声，但给穆良丢烟，并给他点上。这根烟显得比平常更经抽。

直到掐灭烟头时，ＡＢ才借着一阵呛咳恢复了他的粗暴。

照旧用脏话起头、穿插和结尾,讲起他的"太阳快要落山"。有那么一段时间,一到这个时辰,他就得发动机似的、突突冒着烟开始往外边跑,因为只有到那个时候每家每户才开始有人嘛。他给煤气公司抄表,替电器卖场回收旧家电,上门疏通管道。也送过一阵外卖,尤其很冷很热的那种鬼天气。

带点莫名的欣快,他掰着指头讲起登门入户所见。披头散发,剩菜味道,沙发上的屁股印子,难看的睡衣,地板上的头发卷。

"最好玩还是在十字路口发广告单!晚高峰啊,每个人都像赶死队。他妈的我才不管,偏要恶作剧地堵住他们,特别殷勤地往他们手里塞,偶尔有人会突然光火,卷成一团扔回我脸上,可绝大部分人都会顺从地接过去,只要是白送的,他们总会伸手来拿……"他乐不可支地模仿那种半拒半迎、贪便宜的姿势,然后倒在沙发上喘着粗气大笑。

穆良盯着他,深为感染,亦有种新鲜的振奋,随着ＡＢ的讲述,他能清清楚楚地看到——不是ＡＢ,而是他,一脚踏入他那粗暴而激情的黄昏,敲开陌生的门户,闯入一个毫无防备、裸露着的家庭内部;拦住那些奔劳的路人,打断他们的心事重重或百无聊赖,与他们的愠怒面面相觑。多棒呀。

他回过神,ＡＢ正抹把脸,又用力伸一个懒腰,像重新拾掇过并加满油的一辆旧车,从软绵绵的沙发中弹起身,要离开了。

## 五

手机里跳出"茄子"二字,是妻子发来的。她孕期已六个多月了,还保留着强烈的妊娠反应,忽地想吃这个,忽地又想吃那个。常常穆良才跑到半路,她换花样了。有时都烧好端上桌子了,她只看了一眼便全无胃口。穆良想,这确实是怀孕应有的样子;他也该有将为人父的样子。

快要落市的菜场很脏,大半摊位近空。穆良把一家摊子当天所剩下的茄子全都买下,价格很合算,那位摊主也就此欢喜地提前收工了。带着因这笔小交易而来的愉悦心情,他往外走。到出口处,手机又动了,果然是妻子:想吃雪里蕻炒香干毛豆米,新上市的毛豆米。穆良仰头发笑,那就再去买空一家摊子呗。抬头的余光里,他看到一道幽幽然的黑色目光。定睛重看,是摄像枪头。一想也对,连公厕门口都有配的呢。

穆良于是掉头重回菜场里头,搬着左右腿,高一脚低一脚,眼光保持着所需要的注意力,顺着摊子留意毛豆干子与雪里蕻。可与此同时他感到自己还站在菜场门口那个摄像头下面,整整背包,捋了把头发,像是在调校和对照监控中的形象。由于父亲总是走失,也由于与双眼皮与厚眼袋的多次交道,对那样的画面,他算是颇有些心得——

怎么讲呢,监控里的人形,确有着一望而知的基本要素,供以辨识出某人或酷似某人(比如父亲、他、A B),可与此同时,又发散甚至强调着一种似是而非。可能是由于断帧与频闪，由于拼图般的色块黏合，尤其是那种呆板的取景位，导致画面里一会儿许多车，一会儿空荡荡，一会儿两只狗；更带古怪意味的，是画面角落里那总在细密闪动的数字，形成一种时不我待、细小不舍的紧迫感，似总该发生点什么的定时导火索……真的，讲老实话，发自内心的话，穆良真的喜欢所有那些监控，说狂喜也不为过——想想看啊，几乎每一个路人的每一天都可以从那里头找到记录，就像是一份什么也不舍得错过的爱之凝视，如此之深沉，如此之壮丽。如果把所有这些被记录下的画面归拢在一起，那简直就是人类运行轨迹的一个大全集啊！所有的日夜与四季，祖先与子孙，伟大如那些远方的大人物，渺小如他这般的小人物，哪怕是像父亲这样故意把自己给弄丢的，最终也必将在这些画面里得以追索、得以建构、得以永生。

穆良持续甩胳膊迈腿，以监控视角推动着自己继续寻找毛豆干子与咸菜。像走在漫漫长道的追光灯里，被一种奇异的温情所笼罩……到第六个摊子，穆良买齐了毛豆米与豆腐干，但没找到咸菜。穆良知道街对过那条巷子尽头有个野菜场，由一小撮郊区农民自发形成的，没准就有雪里蕻。不过他不打算去了：那边极有可能还没有装上监控。他把毛豆米与茶色干子塞进背包打道回府，心里有点小小的得意，虽然世界上大概没人能够欣赏得了他这样的谨慎做派吧，也许除了ＡＢ，当然，他绝不会向后者转述此事的。

因为少了雪里蕻，晚饭不太成功。就是买到了，恐怕也不会太成功，妻子的胃口仍然不好。他们一边吃饭，一边进行着晚饭桌上应有的谈话——毛豆倒是蛮嫩的。再喝碗汤吧。不添点饭吗——像是各自分配到适于此情此景的台词，一旦念出口确实也显得情意真切。

记得婚后不久，妻子曾在一次闲谈中提到她对丈夫的基本准入条款：得比她高半个头以上（实在接受不了被一个矮个男人抱住），不上夜班或轮班（家里不成了旅馆嘛），不留长指甲（女里女气），不抖腿（最最讨厌了）。穆良差点笑不出来：这算什么，因此他才得以入选了？妻子沉着地补充：真能全都满足，其实就挺不容易的了。穆良这时也记起自己当初的几条考量，看来啊，这桩婚姻会如他们各自所选择的那样：适配，平静，白头到老。

更多时候他们并不交谈，只有抽油烟机在勤勉转动，排去厨房里残留的最后几缕油烟味——静听那轻柔的噪音，穆良想起ＡＢ还干过上门拆洗油烟机的活儿，据他抱怨，这是所有活儿里头最腌臢的。那些油腻子，厚得像黑墙砖，他总是一边刮一边盘算着，这户人家，得吃多少顿家常饭，才积得成这么厚的油垢啊。穆良记得ＡＢ瞪大眼睛表示恐怖的可笑样子，并骄傲地晃起腿："我有个纪录保持至今，从不在同一个地方连续吃两次。郑州东火车站边上有家鳗鱼饭，绝对天下第一。丽水、浙江丽水你知道吗？当地有一道炸知了，香到裤裆里。有次我去口外晃荡，吃过一家大排档的烤羊腰子，妈的，那个膻，每个男人都该去吃一下。"他炫耀地咽着唾沫，"就算吃泡面,那我也是在不同的旅馆或车站吃。"你说这够牛的吧,谁能打包票他从不在同一个地方吃饭哪!不过……他忽地又跳到起初的话题,啧啧有声、眉毛皱拧地抱怨:"操,那些陈年油垢,真他妈的太恶心。他们得在家里吃多少顿饭才能吃成这样啊——"直到此刻,对着平淡无奇的家常饭,在油烟机不知疲倦的转动声中,穆良才终于回味出来,ＡＢ那语气并不是抱怨。是什么他说不好,但绝对不是抱怨。

妻子吃不下了,穆良把她的半碗剩饭及毛豆米干子都一并吃掉了。"都不嫌我脏嘛。"妻子捂着胃部,挺满意地笑了。"不能浪费的啊。"他匀称地咀嚼,也可能是在咂摸ＡＢ。为什么那家伙也会乐此不疲地过来见他呢?一定不是长相,也一定不是为了送金坨、石榴或背包,是他这里,有着什么别的、持久吸引着ＡＢ——就像ＡＢ也吸引着他的、那不知何谓的东西。咂摸到这一点,穆良感到挺大一份的欣然。

## 六

周日下午,穆良照旧去看父亲,略尽孝道。

入住康复中心后,父亲确实稳定多了,处于一种并无大碍、又需基本护理的微妙状况,退休工资刚好可以负担,像是在康复中心租用了一个终身床位,附赠有病友、食堂、护士与可散步的楼下花园。穆良是在多次探视之后,才觉悟到这可能是父亲的策略：用一种六亲不认的公共化的方式去度过他的晚年，直至老死。当然，这只是穆良单方面的简单推演，也并不愿做进一步求证，也不为此感到别扭或委屈。生活反正都是经不起深究的。唯一能够让人踏实的，嘿，没准就是那些像是不怀好意实际上慈悲极了的球型或枪型摄像头。

康复中心车库入口，穆良在减速带上挺腰端坐，给了斜上方摄像头一个正脸。双井电梯间，L形通道，等候大厅，探视登记处，他一路搜寻着半空中的监控头进行肉身签到，移步换景间流利无缝切换，这就是他所生活着的样态与证据所在啊。穆良飞快地回忆了一下，是从上次菜场买毛豆米干子开始的？还是说更早一些？他就开始了这种下意识的、毫不费力的合作了，毫无疑问，这会达成一个可预期的圆满：以他穆某为个体单位的那一辑记录合成，在时间与空间上是几无死角且坚硬可信的，这可比写日记强多了——这样胡乱想着，他抵达病房了。

穆良给自己和父亲分别点上一根烟，一边挖空心思地回顾过去的一周见闻。新鲜毛豆米上市了。给胎儿做了六个月的产检。小区里共有三种取快递的自助机器：云柜、格格、菜鸟。父亲安静地抽烟，不点头不摇头，也不看他。穆良继续想话题。啊对，双眼皮和厚眼袋来过，他忽而振作起来，非常详尽地从这两位的外貌特征开始讲起——这下子好了，前后总共来过六趟、有六次问讯呢，足以跟父亲讲上好大一会儿了。

穆良清清嗓子开始了。倒叙。先是老凤祥珠宝店的监控，然后是第二次，农业银行门口的拦路抢劫，然后是……这一开口,穆良才意识到,他是多么想对某个人讲讲这些呀。老头子垂着眼皮,连脸上的皱纹都没发生哪怕是最轻微的扭动,抽完一支烟,用未灭的烟头又续上了一根。穆良只管讲着,讲得可真舒服极了。

"我觉得他们的态度,越来越严厉了。当然这可能只是我的一种印象。最早的时候,他们还冲我假笑呢,晓得对我的调查是无稽的。后来就不笑了。前天这次,倒又笑了,并且是真笑。说明他们开始自信了,跑多了,越跑越有把握了。

"也是好玩。到现在还在问我有没有兄弟呢。我想你一定也希望有一个吧?讲实话,我也希望有,那样的话,我就,怎么讲呢,我早就……"

讲到这里,穆良有意停住,等了一会儿。父亲仍在认真抽烟,很长地吸入,又徐徐吐出。穆良又一次涌上那种感觉、跟以前若干次探视时一样:他要是走到隔壁房间,坐到隔壁床边上,对另一个老头讲同样的话,一起抽掉两三根烟。绝对也是一样一样的。

跟以前不一样的是:今天他很喜欢这感觉。

临走前,被叫去了值班室。医生拿出几张自来水缴费单,穆良茫然地翻了翻。医生解释:"我们各楼层是分开结算的。每层都是十二个病房。喏,你看,所有楼层都是一千多块。可第四层,是两千多块。"穆良还是没明白。

医生挪挪电脑鼠标,激活一个显然早就打开的画面。俯拍,看到一个半秃的头顶——这种情况下，医生跟他谈的，显然应当是他的父亲；父亲也的确是半秃头顶。"一个病区共六张病床，合用一个卫生间。这个监控本来是为了防止医患纠纷的。你知道的，常有病人在卫生间自杀。"医生接着说，"你仔细看，这是403室的。"画面中的半秃头顶，并没有坐在马桶上，而是蹲在边上，一只手去揿下开关。半侧着头，保持那个姿势不动。无声的画面像卡住了。好一会儿之后，半秃头顶又去揿马桶，再侧过头不动。如此反复，如同循环播放。"好几个月了，每晚他都蹲在卫生间忙活这事，从凌晨一点忙到夜里四五点，干通宵。"

"是在干什么呢？"垫补完水费，穆良试着这么问，他本该表示不满或什么的，也懒得了。毕竟是父亲，毕竟是儿子。

"人老了，啥怪事都会有。没准就是想听听马桶冲水的动静。"医生站起身示意会谈结束，"主要是跟家属知会下，我们打算从明天起，睡前可给他加服安眠药。"

"谢谢。不如就让他继续听那动静吧，水费我来垫。"

离开康复中心的路上，穆良从电台里听到报日期、报时、报天气，主持人非常顺溜地一口气报。他听着，一边看车窗外闪过的行人，心里有点不自在。

——根据以往的规律，但凡有警员来找过他，随后起码得半年以上，ＡＢ都不会再登门了。这样算来，到下一次再见到ＡＢ，他应当已经做爸爸了，父亲应当已听了好一笔银子的抽水马桶，到那时，他脚下这双鞋子总该要穿坏吧——穆良低头看看鞋，还是ＡＢ那双。他常常想起他自己被换走的那双，被ＡＢ上天入地、日里雨里，一定早就穿烂了。多么也想穿烂脚下这双啊，偏是每天都走不出几步路，恐怕永远都不能够了。

这样想着，越发感到某种大丧绝，都无法往前开车。打起双跳往路边靠，忽然想起这里并不能停车，并且他这时也该回家做饭。妻子今晚想吃的是萝卜烧肉，得炖好一会儿呢。因此实际上，穆良只是踩了个刹车减了一下速，比往常晚了十五分钟到家。这十五分钟里，有十四分钟是被值班医生耽搁的。

他跟妻子说起迟归的原因。妻子今晚胃口不错，虽然萝卜还不够烂。妻子认为穆良补缴的那笔水费是冤大头了，谁说那一定是他父亲呢。不要讲监控会搞错了，就连眼睁睁面对面，也会稀里糊涂呢。妻子举例道，有一天，她早起赶时间，只画了一边的眉毛就跑去上班了。嗬，上午下午共四节课啊，还去教研组开了一个会，愣是没任何人发现。要知道，她眉毛特别淡，又剃过，不描的话几乎就没有眉！包括你，你也没发现。我真怀疑，你这天天儿的，有没有好好看过我？

可不嘛，穆良急于补救，也举例附和。有次他的电话机坏了整整两天，根本打不通。有一段时间他的微博被人盗用，发各种美容广告。好多这样的事情，也都没人在意到。这样的事情可多啦对吧。

所以嘛，到下一次，你可以拒付那个水费。你甚至可以反问医生，他们是不是用这段录像让好几个秃顶老头的家属都垫付水费了。总之，道理在你这一边。妻子总结道，添了半碗萝卜肉汤。但没吃完，穆良照例吃掉她剩的——这也成为家里的习惯了，下回可以讲给ＡＢ听，他准喜欢这样最无聊的家常事情。

入睡前他们做了爱。这是妻子从孕妇手册上看到的建议，六个月后适当交合，由此给子宫带来的缩放会有益胎儿活力。为了不压到腹部，他采取了不常用的后入。

穆良行动着，一边很不合适地想起了ＡＢ曾经讲到的一个细节。

起因是穆良问起他有没有过女人，可能就是婚后的那次见面吧，穆良觉得他有义务关心一下。ＡＢ闻言大笑，拿拳头直捶沙发："你应当问我有多少个才是。"随后他抚摸着下巴沉吟："可老实讲，也都相当于同一个人。我都是从后面，从来不看她们的脸，我感到，她们也不想看我。"他的声音不知怎么搞的，听起来有点硌耳朵。

此时此刻，穆良想到ＡＢ那也许是刻意为之的猥琐，感到一阵迟来的懊恼，为什么从来就没想到要邀请ＡＢ正式做一次客呢，吃顿他早就吃够了的但ＡＢ从没吃过的家常饭呢，介绍贤惠的妻子给他认识，甚至带他去见见老父亲什么的。不不，他和ＡＢ，怎么能同时出现在妻子、父亲或任何人面前呢，那是对……的打破与违背吧。打破什么了呢，他又完全是糊涂的。

但总之穆良很高兴他与妻子彼此都看不到脸，只听到妻子像是来自腹部深处的堕落哼叫。从这陌生的哼哼里，他得到一个预感，从此，他们都不会再面对面做爱了。这太好了不是吗。

穆良到卫生间，黑暗中熟稔地拧开淋蓬头，打了点肥皂，冲洗，用浴巾揩干。挂回浴巾时，被马桶墩子绊了一小下，顺势也就在马桶盖上坐下。

他想坐一会儿。

可能坐了好大一会儿吧，听到妻子在床上嘟囔着什么，忙小声应了一句，一边下意识地揿下马桶冲洗钮。然后，他听到极其寂静的深夜里，响起了可以称得上喧嚣的冲水声，激流打着富有气势的逆时针漩涡，裹带着整栋楼或全城或者全人类的排泄物，跌入深渊的尽头。穆良感到他的小腿肚子有点打晃，好像是站在什么大瀑布或大峡谷边上似的——父亲或不是父亲的那个秃顶老头的这项娱乐，真是值得赞服的一项伟大发明。他非常愿意额外支付那笔水费。

## 七

穆良拿出薄纸片，看了一遍他早就记下的那个号码。他在脑子里把前后几次的案子大致过了一遍——从双眼皮与厚眼袋那一轮又一轮发牢骚般的、遍布自问自答的调查中，他已掌握足够多的细节了，就算偶有差池，也在正常的记忆力疏忽范畴，谁都会乐于宽容并就此结案的。他所交不出的那些赃物，估计全部会被折算成时间吧。时间倒是管够的。反正随便呆在哪里，与坐办公室，去菜场，或呆在妻子身边，并没多大的分别。

ＡＢ那边，也应当没有任何讶异，相信他会在瞬间浮出一丝意料之中的兄弟之笑，然后以他特有的粗鲁与自在劲儿，光滑无痕地与他交换位置，互为弥合亦互成镜像。穆良也相信，此一决定绝非冲动、自私的失德之举，包括对所涉的父亲、贤妻，双眼皮与厚眼袋，都是值得称颂的好人好事。

拨通号码，刚"嗳"了一声，对方、不知是两人当中的哪一个，一下听出了他，并像责怪一盘早就点好了的、但才端上桌的菜："瞧你，害我们等到现在。"

鲁敏，1998年开始小说写作。已出版《奔月》《六人晚餐》《虚构家族》《荷尔蒙夜谈》《墙上的父亲》《取景器》《惹尘埃》《伴宴》《纸醉》《时间望着我》等三十部作品。曾获鲁迅文学奖、庄重文文学奖、冯牧文学奖、人民文学奖、郁达夫文学奖、中国小说双年奖、《小说选刊》读者最喜爱小说奖、《小说月报》百花奖原创奖、2007年度青年作家奖，入选"《人民文学》未来大家TOP 20""台湾《联合文学》华文小说界20 under 40"等。有作品译为德、法、日、俄、英、西班牙、意大利、阿拉伯文等。

# 春　暮

付秀莹

　　北京就是这样，春天和夏天之间，几乎没有过渡，头一天还穿着毛衣呢，一场雨水落过，就要换上单衣薄裙了。仿佛是一夜春风，满城的草木都蓬勃起来，该开的花都开了，该发的枝叶也都发了。空气里流荡着植物汁水的味道，花粉的味道，风的消息，云的影子，蝶飞蜂乱，闹哄哄的，叫人心里莫名躁动。其实，也不只是躁动，是有点烦恼。好像也不只是烦恼，还有那么一点莫名的幽怨。说不清。实在是说不清。

　　早晨起来，巫红立在窗前，看着小区满院子的花草发呆。正对着阳台，是一片花圃，种着月季、木槿、榆叶梅、碧桃，还有一种花，她叫不出名字，极肥大的花朵，开得层层叠叠的，是那种妖媚的粉红。一个园丁，戴着草帽，拿一把大剪子，在耐心地整理花枝。还有一只喜鹊，拖着长长的尾巴，在草地上起起落落，咕咕咕咕饶舌，也不怕人。

这是北京北五环了，紧邻着奥林匹克森林公园，空气不错，房价呢，自然也不错。这奥林匹克森林公园，是2008年北京奥运会的遗留物，偌大的一个园子，林木繁盛，水汽氤氲，好像是这个城市的一只巨大的绿肺，天然大氧吧。周末的时候，人们开车从北京城的四面八方过来，在这里消磨一天。也有人喜欢晚上来锻炼，在公园里暴走。老钟就得意地跟人吹嘘，说自己家有个后花园呢。这话虽然是炫耀，却也不错。当年的奥运会，除了森林公园，还给这一片留下了良好的绿化带，草木葳蕤，花事繁忙，格外赏心悦目。当初，他们买这房子的时候，北京的房价还没有这么吓人。如今就不得了啦。据说公园附近这一片小区，涨得厉害。这才几年。

早晨的阳光洒满窗子，把阳台弄得明晃晃的。忽然间，有人就把她的头给蒙住了。她心里一跳。慌忙警告道，别闹！你别闹！对方只是不理。她极力挣脱出来，一颗心扑通乱跳。四下里静悄悄的，哪里有人。

窗子半开着，风悄悄溜进来，把晾衣架上的床单弄得一鼓一鼓，不知怎么回事，一下子就兜住了她的头。真是神经了。她叹口气。把床单重新晾好。干净的床单散发着淡淡的洗衣液的香气，还有阳光晒过的好闻的味道。床单是淡绿的底子，上面长着零零落落的叶子，一片一片，又清新，又寂寞。双人的床单，双人的被罩，双人的被子，双人的枕头。床还是那张双人床。她一直想着，什么时候得换张床，对，连家具也要换一换。新生活嘛，总要有点新气象。也不知道怎么回事，一天天延挨下来，到现在也没有换。巫红也纳闷，每一回去商场，那些床上用品专区摆着的样品，怎么都是双人用的呢。有田园风的，有欧美风的，文艺范的也有，土豪版的也有。热情的售货小姐怂恿道，来一套吧？喜欢哪一套？口气殷切，一步步紧跟着，弄得她倒不好意思了。好像是不买一套，就对她不起似的。这商场在北京算是中高档，人不多，购物环境不错。四下里安静，生意清淡，巫红越发受不了她的殷勤，忙说来一套，就这套，对，浅色的这套。那小姐问，双人的？她本想说单人的，鬼使神差地，却说当然，双人的。这种卧具价格不菲。她倒不只是心疼那几个钱。她收入不高，在北京，也就是工薪阶层，或许连快递小哥都不及。她想不明白的是，自己怎么就非要买双人的不可呢。情侣口杯，情侣毛巾，情侣拖鞋，情侣家居服……每一回都是这样。她是怕什么呢？是不是，潜意识里，她对单身这件事，有着强烈的抗拒和否定呢。就像她娘说她的，煮熟的鸭子，就剩下嘴硬了。

从阳台乍一回到客厅，只觉得眼前一黑。方才阳光太明亮了，令人一下子适应不了客厅的光线。头有点轻微的眩晕，太阳穴一蹦一蹦的。她缓缓坐在沙发上，轻轻闭上眼睛。心里头依然是乱糟糟的。这该死的床单。这该死的春天。

微信叮的一声，她也懒得理会。微信这东西，最初她热心过一阵子，很快就烦了。朋友圈里那些个美食啊，美照啊，旅行啊，鸡汤啊，牢骚啊，感慨啊，晒来晒去，叫人心生厌倦。她先是设置了半年可见，后来又改成仅三天可见，最后索性就不发了。也不给别人点赞。那种手指头随意一动的赞美，来得那么轻易，方便，她觉得又廉价，又虚假。她怀疑自己是不是真的老了，对这个世界的繁华热闹熙熙攘攘丧失了热情和兴趣。早些年，她是多么激情饱满哪，跟着一帮男男女女，喝酒吃肉谈恋爱，她一头长发，穿着短裙，露出一双鹭鸶一样的长腿。她笑着，哭着，闹着，简直疯得不行。这一晃，都多少年了。

那时候，她还没来北京。大学毕业后，在家乡的小城上班。她老家那个村子，叫作芳村。她在芳村出生，长大，在省城读的大学。在那个省会城市里，原也有一份体面的工作，朝九晚五，节奏分明，像所有的上班族一样。鬼知道怎么一回事，她铁了心，一定要到北京来。北京是什么地方？这简直是飞蛾扑火啊。朋友们都劝她。还有小巨，她当时的男朋友。他们是大学同学，毕业后又在一个单位共事，知根知底，熟悉得，像是左手右手，像是兄妹。跟小巨在一起，她觉得踏实，温暖，安全。人生没有什么大的悬念，也不会有什么大的惊吓。她不肯承认，从一开始她就知道，她跟小巨，不是一路人。小巨是那种安分守己的好孩子，家境优良，教养也好，性格呢，温雅平和，单纯明亮。当初，正是因为小巨，她才得以在省城留下。在那个小城，小巨家里也算是人脉深厚，足以为他们两个遮风避雨。小巨恳求她留下,留在省城,他们在那个北方的小城,携手一生,不好吗。他说他愿意好好呵护她,疼她,宠她,给她一份妥帖安定的日月,一份幸福快乐的生活。巫红一面听,一面流泪。岁月静好,现世安稳。这是多少女人的好梦啊,可往往是求之而不得。她不是没有幻想过这样的生活。一个芳村出来的姑娘,在省城安家立业,从此改换门庭。还能怎么样呢。够了。她应该知足。她娘经常用芳村话告诫她,要知足。知足常乐。芳村话把知足叫作"识局"。然而,她并没有被小巨描绘的理想生活打动。她看着他的脸,他的脸因为痛苦而扭曲得厉害,他的泪水缓缓流下来。她第一次知道,男人的泪水很重,一大颗一大颗,砸在地板上,带着噼啪噼啪的回声。她的心缩成一团。她真的不"识局"啊。

他们大学四年,同事两年,六年的感情。他当真是不懂得她。

临行前的那个晚上,两个人道别,巫红把自己给了小巨。算是补偿吧。私心里,她是内疚的。也不只是内疚,是有一点遗憾,有一点失落,还有一点莫名的悲壮。风萧萧兮易水寒,壮士一去兮不复返。她不知道,她这次冒险地出征北上,究竟是凶呢还是吉。那个深秋的夜晚,风敲着窗子,仿佛一个人悲伤的叹息。小巨是个好男孩。他笨手笨脚的样子,叫人又心疼,又惭愧。她抱着他,在黑暗中睁着眼睛。冥冥中,她预感到她的青春岁月,连同她的初恋一起,都消逝在那深秋的风声里了。那北方的秋风啊。后来,多年以后,她还会忽然想起那个夜晚,深秋的风声里绵长的哭泣。小巨他,还好吗。他结婚了吗。他幸福吗。他还会偶然想起她来吗，就像她会忽然想起他来一样。

老实说，乍一到北京，她还是胆怯的。北京城水深浪大，岂是她一个乡下姑娘可以任意来去的地方。更何况，她不过是一个普通院校的本科生，在冠盖云集的京城，博士硕士海归一大把，她到底是心虚。她有什么呢。没有背景，没有人脉，没有户口，没有房子。她什么都没有。她有的不过是一段大好的金子一样的年华。年轻，疯狂，怀揣着无数乱七八糟的白日梦。自然了，这白日梦叫作野心，也没有错。她是在很多年以后，才慢慢意识到，她其实是一个有野心的人，她不安分。比方说，她不愿意在那个小城里消磨一生，像她的母亲、她的姐姐们一样。在一个小地方，出生，长大，嫁一个男人，生两个孩子，慢慢煎熬，煎熬，直到最后。她害怕这样的生活。她要逃离。从很小的时候，她就幻想过，在很远的地方，在芳村之外，在那个被称为省城的小城之外，还有另外一种生活，迥然不同却富有魅力的生活，等着她，召唤着她。她愿意听从那迷人的召唤。那召唤神秘莫测，往往会在某个瞬间突然降临。每一回，她都浑身战栗，内心的烈焰熊熊燃烧。她把这召唤藏在心里，从来不跟任何人说起。包括父母。包括小巨。也包括她的姐姐们。私心里，她有点看不起她们。也不是看不起，是有点同情，有点怜惜，有点心疼，有点，怎么说，恨铁不成钢。是啊。这一生，除了芳村的鸡鸣狗吠，她们见识过什么呢。世界这么辽阔，生活这么丰富。有时候，她甚至有点恶毒地揣测，她们恐怕连高潮都不大清楚是怎么回事吧。遑论滋味复杂的爱情呢。

阳台上那只画眉忽然叫了起来,把巫红吓了一跳。她懒懒起身,喝了一杯果汁,吃了一片吐司。正漱口呢,手机却响了。老钟在电话那头说,在家?她说,在,有事?老钟说,没事就不能打电话?她吸了一口气,牙疼似的。她不喜欢老钟这种口气,有一点亲昵,有一点暧昧。她跟他之间,离都离了,还有这样的必要吗。老钟说,吃个饭吧。她说,我还有点事——老钟不待她说完,说老地方,等你啊。就挂了。

巫红心里气恼,把在她脚下蹭来蹭去的小白一下子就踢开了。小白受了委屈,躲在门边,满脸哀怨地看着她。小白是一只男猫,生得却十分妩媚,又乖巧伶俐,晚上是要跟着巫红睡的。她看着小白水汪汪的眼睛,好像在里面看见了老钟那张瘦脸。

她怎么就不会一口拒绝呢。拒绝一个人,就这么难吗。从小到大,她就不会说不。她不知道怎么拒绝人家,她生怕人家难堪。她宁可自己难受,也不愿意人家难受。人家难受,比她自己难受还叫她感到难受。不止一次,老钟为了这个骂她,嘲笑她。她却改不了。江山易改,禀性难移哪。他妈的老钟,真是太了解她了。

认识老钟的时候,巫红还跟蒋江潮好着。蒋江潮是他们公司的一个金牌客户,公司里从上到下,都有点哈着他的意思。巫红呢,因为有蒋江潮罩着,自然也就有点恃宠生娇。部门有销售任务,她从来就没有担心过。有蒋江潮呢。

那一回，是在一个饭局上，好像是春节前的一个聚会，也不知道是谁张罗的，她跟着蒋江潮，双双敬酒，大秀恩爱，被众人起哄着，喝交杯。巫红大大方方，一点都不忸怩。倒是蒋江潮，央求众人别闹，别闹了好不好。众人哪里肯。

散场的时候，已经是午夜了。蒋江潮喝醉了，歪歪斜斜往外走，一步一踉跄，巫红根本架不住他。一个男人过来帮忙，帮她叫了代驾，又帮着把蒋江潮弄进车里，然后跟她说，我能跟你说句话吗。

北京的冬夜，有一种彻骨的寒冷。他们在便道上慢慢走着。一城的灯火，在寒雾里闪闪烁烁，好像是迷茫的眼睛。天空黑漆漆的，仿佛凝固了，被各种灯光撩拨出一道一道奇特的涟漪。冷风吹过来，带着尖厉的哨音，把整个城市都吹彻了。雾霾锁城，空气里仿佛充满了呛人的气味。行人们大多戴着口罩，匆匆走过。汽车的尾灯连成一片，在寒夜里缓缓流淌，流淌，流淌。

情况就是这样。老钟说，你在哪儿住？我送你回去。

巫红不说话。她的头发被吹得乱糟糟的，喉头酸酸硬硬一片，哽在那里。胃痛得厉害，整个胃好像是被一只强硬的手捏住了。

没事吧，你？老钟问。

巫红木木地看着街对面，一家美容院的招牌灯箱很暧昧地闪着，上面是一张女人的脸，娇嫩，美丽，没有任何瑕疵，完美得叫人觉得虚假。

为什么告诉我这个。巫红问。那语气，好像是埋怨，又好像是质问。

老钟说,幼稚。

那回以后,巫红就跟蒋江潮断了。电话拉黑。微信拉黑。照片烧掉。蒋江潮。她把这个男人,连同这段感情,从她生活里删除了。

坦率地说,她不是那种优柔寡断的女人,在感情上,甚至有一种杀伐决断的男子气概,用霞飞的话说,有点心狠手辣。霞飞跟她是多年闺中密友,性格呢,倒一点都不像她。怎么说呢,霞飞是一个容易动情的人,很轻易地就喜欢上人家,要死要活,有一种少女般的盲目的痴情。巫红笑她是热得快。霞飞说,热得快就热得快,总比你这种心狠手辣的好。你要是男人,不定多少女的遭殃呢。巫红就哈哈大笑。霞飞说,蒋江潮这么不死心,干吗不当面跟他说清楚呢。巫红说,怎么说清楚?霞飞说,问他呀。巫红说,问他?我问他是不是有老婆?还是逼着他离了娶我?

老钟倒是常常打电话来,约她吃饭,约她喝茶,约她周末到郊外看花踏青。巫红都答应了。刚刚经历了一场失恋,她并不拒绝这样一种温暖和安慰。再者,她也是想以此断了蒋江潮的念头。或者说,她是想以此断了她自己的念头。私心里,她恨蒋江潮。她不敢细想,她这恨里面,有多少是出于爱,有多少出于自尊受挫后的恼羞成怒。她恨他欺骗了她。她怨他怎么会有家室。可是,假如蒋江潮单身,一身轻松无挂碍,扪心自问,她愿意嫁给他吗。

蒋江潮是东北人，有东北人的豪爽仗义，也有东北人的大大咧咧。爱喝酒，喝了酒爱吹牛皮。口才极好，特别有演讲的天赋和激情。说起来，跟蒋江潮好上，其实是阴差阳错。在她心里，蒋江潮更多是她的客户，是她的金主，是她在这个公司里得以立足的靠山。有蒋江潮在，她根本用不着跟那些小妖精们钩心斗角，争风吃醋。还有那个朱总，被人们私下里叫作猪总的，公司的老大，也休想在她这里发淫威耍威风了。

据说，蒋江潮辞职了。不知去向。这样也好。作为客户，他不再跟巫红的公司发生业务关系，倒也免去了尴尬。巫红心里松了一口气。她想把这事告诉老钟，不想，老钟的电话却打过来了，约她吃饭，说要庆祝一下。巫红说，庆祝什么？老钟就说了蒋江潮辞职的事。巫红却恼了。啪地挂了电话。

巫红也不知道自己怎么回事。不是应该高兴吗。她这是怎么了。

老钟其实不老。比巫红大一些，大约三十三四岁吧。人生得斯文干净，有一点内向，话不多，显得比同龄人要稳重。老钟有一些小爱好，比方说，喜欢小动物，街上见了小猫啊小狗啊，都要上前逗一逗。喜欢整洁和秩序，钱夹里的票据啊钞票啊总是叠得整整齐齐。老钟不大乱花钱，甚至有点过于节俭。这一点上，不像蒋江潮。老钟不张扬，人也低调。有时候，她又不免觉得他不够洒脱了。比方说，两个人在外头吃饭，必得带上他自己的茶，吩咐人家沏了，对方稍有怠慢了，就一定要跟人家理论一番。这个时候，巫红就不高兴。嫌老钟小气。老钟说，外头的茶不好,又贵,干吗当这个冤大头呢。巫红却还是不高兴。她总觉得,男人嘛,有时候还是粗犷一些好。太细腻了太计算了,就有点娘。是不是因为,老钟是南方人的缘故呢。

跟老钟就这么来往着,不咸不淡。霞飞倒是拷问过巫红,问她感觉。巫红说,什么感觉?霞飞说,对老钟的感觉啊。就是有没有那种,男女的感觉。巫红想了想,我们好像是,闺蜜吧。霞飞扑哧就把一口咖啡喷出来,嚷道,他闺蜜,那我呢。

十点半,时间还早。巫红慢吞吞收拾,梳洗打扮。她把头发盘起来,又放下,想了想,最后还是盘起来。老钟最喜欢她的长发,她偏不让他如愿。镜子里是一张干干净净的脸,明月一般,饱满圆润。用她娘的话说,是银盆大脸,娘娘的命。相书上说,这种面相极好,主贵。也不知道,她的好命到底藏在哪里。她娘却坚信不疑。据说巫红还在她娘怀里抱着的时候,一个相面的老头见了,左看右看,半晌说了一句,这小妮子,不是平地卧的。她娘追着那老头让说说详情,那老头却不肯了,只说了一句,天机不可泄露。她不知道,她的那野心里面,是不是受了那神秘老头的暗示,或者说指引。

随便抓了一件衣裳穿上,下了楼,却又后悔了。她噔噔噔噔跑上楼,又重新挑了一件淡绿色长裙,外面搭一件奶白色轻薄风衣,把盘着的头发又放下来,长长披散在背后。想了想,换了一只白色挎包,才匆匆跑出去。

大街上,阳光恣意地落下来,金子一般。城市好像是勾了一圈毛茸茸的金边，又华贵，又璀璨。行道树枝叶初发，有一种蓬勃的喜悦的生机。风软软吹在脸上，痒酥酥的。吹面不寒杨柳风。大约就是这意思吧。树枝上，不知道什么鸟在叫，叽叽啾啾，婉转极了。一只风筝在天上飞，慢慢地高了，远了，终于消失在大朵大朵的云彩后面。

老钟已经到了。隔着落地窗的玻璃，朝巫红招手。老钟穿一件白衬衣，灰色休闲西裤，皮鞋锃亮，头发梳得整整齐齐，新刮了脸，下巴和脸颊两边一片光溜溜的铁青色。巫红坐下，一面揶揄道，不错嘛。状态不错。老钟笑着摇摇头，叫服务生过来点菜。叮嘱巫红道，挑贵的点啊。别给我省着。巫红笑道，看来还是离了好。对外人倒不抠了。老钟看了一眼那服务生，小声说，行了啊。你就别损我了。

这家餐厅是他们以前常来的。不大，却雅致安静。位子也是经常坐的位子，临着窗，可以看见外面的街景。春日的大街，好像是笼着一层薄薄的烟霭，温软的，柔情的，有一点欲说还休的意思。春风浩荡，那些熟悉的店铺、邮局、书吧、咖啡馆、美容院，似乎都变得陌生了，有一种，怎么说，陌生的温情。理发店那个胖胖的老板娘，也换了春装，头发新剪了，显得清爽利落。

老钟说，怎么样？还好吧？巫红说，好着呢。你都看到了。老钟说，那就好。巫红说，你呢，新婚宴尔，怎么还有闲工夫出来吃饭？老钟说，你看你，就不能好好说话吗。

老钟是那种清瘦的男人，身姿挺拔。一双眼睛细细长长，目光却明亮灼人。此时，巫红见他眼睛下面各有一块青黑，法令纹好像是更深了。眼睛有点肿，隐隐仿佛有血丝。心想，这老钟，难道有什么难言之隐不成。

现在想起来，巫红还有点恍惚。当初，她是怎么跟老钟好上的呢。怎么就，稀里糊涂上了床，稀里糊涂结了婚，然后，又稀里糊涂离了。真仿佛一场乱梦一般。

那时候，刚跟蒋江潮断了，就像忽然间被人切掉了身体的一部分，感到一种空落落的疼。单位的日子也不好过。失去了蒋江潮的荫蔽，她一下子尝到了世态炎凉的滋味。关于她跟蒋江潮的这一段，流传着各种版本。她不是恬不知耻的小三，就是朝三暮四的贱货。有说她被蒋江潮甩了的，也有说是她又攀上高枝甩了蒋江潮的。人言可畏，她真是低估了人性的黑暗和深不见底。那猪总也趁机刁难她，好像是要她把之前得到的那些好处都偿还回来。世人向来都是拜高踩低的。她即便是低到尘埃里，诌媚地去舔那些踢来踢去的脚，大约也不济事。这单位，看来她真的待不下去了。

那阵子，偏偏老钟追得紧，鞍前马后，伺候得周到。巫红是一个耳根子软的人，眼皮子又浅，见不得人家半点好处。再加上，霞飞的敲敲打打，她娘的絮絮叨叨，单位一帮人的冷嘲热讽，起哄架秧子，她就有点招架不住。

那一回，好像是一个晚上，两个人都喝了点红酒，相对坐着说话。说着说着，巫红的眼波就不对了。巫红的眼睛是那种丹凤眼。巫红好看，就好看在这一双眼睛上。老钟看着她，握住了她的手。巫红这个人，奇怪得很，不能碰红酒，只要喝一点红酒，身子就软了，化了，收拾不起了。她不敢把这话跟人说，霞飞笑她，说红酒是她的春药，她也笑，骂她坏，心里却有点信了。有了红酒的怂恿，巫红的一双眼睛水波荡漾，越发管不住。屋子里灯光迷离，窗外飞着细雨。春深似海，城市在春天的深处半梦半醒。这样的雨夜，这样的灯光，好像注定了要发生一点什么，才算不得辜负。巫红看着老钟，醉眼蒙眬，任他把她的手心捏得湿漉漉的，整个人也湿漉漉的。她踢掉那双裸粉色高跟鞋，把一只涂着豆蔻的光脚伸到老钟的怀里。老钟一下子就握住了她那只光脚，抱起她扔到了床上。

她一直不肯承认，当初，大约是她诱惑了老钟。要是没有那个雨夜呢？

鳜鱼，还是清蒸吧？老钟说。有心事？研究的眼光看着她的脸。

巫红说，鬼才有心事。

老钟就呵呵笑了。老钟笑起来的时候，眼睛弯弯的，每一道细纹里都是柔情。老钟这家伙，公正地讲，对女人还是很有杀伤力的。霞飞不止一回警告她，好好的啊。要是敢对老钟不好，我可就下手了哇。霞飞说这话的时候，是玩笑的口吻，巫红却听出了一点别的意思。霞飞这小蹄子，仗着一副好身材，又是单身，今天换一个，明天换一个，遍揽天下英雄。老钟那些笼络人的小恩小惠，原本是为了追她施展的攻守策略，看来还真是打动了这小妮子芳心了。

菜陆续上来了。都是巫红爱吃的。清蒸鳜鱼，白灼芥蓝，蓝莓山药，木瓜雪蛤，一小钵银耳莲子羹。有一道时令菜，香椿芽煎蛋。这个季节，正是香椿上市的时候。香椿碧绿，土鸡蛋金黄，是春天的好颜色。巫红说，这么有心？老钟笑，帮她添汤，布菜，斟酒。酒是红酒，老钟带来的，据说价格不菲。

两个人慢慢喝酒。窗外有一棵玉兰，是白玉兰。这个时节，已经到了盛期。肥白的花瓣子，在风里颤颤巍巍，像极了白鸽子，受了风的惊吓，好像是马上就要飞走了。

老钟酒量不大，却爱酒。他喝酒的样子，享受极了。巫红其实酒量不小。酒这东西，就是一个借口，一个道具。就像喜欢抽烟的人，不过是习惯了那一种姿势罢了。巫红是什么时候爱上喝酒这件事的呢。来北京以后？她想了想，到底是想不起来了。

你还好吧。老钟说。

能来点新鲜的吗？巫红笑。老钟也笑，摸着后脖颈，很尴尬了。

你希望我怎么回答呢。巫红歪着头，挑衅道。

老钟说，说实话。

巫红仰脸笑起来。虚伪。有意思吗。

老钟笑道，好吧，好吧，我虚伪。

有一个玉兰花瓣落下来，在风里飘飘摇摇，半晌不肯落下。

满城春风柳絮,烟霭飞扬,无端叫人生出莫名的惆怅来。

巫红轻轻啜了一口酒,让那深红的液体把嘴唇染得更红。老钟在对面看着她,忽然问道,你能不能告诉我,为什么?巫红说,为什么?什么为什么?老钟说,你知道。

巫红不说话,低头吃饭。

当初,他们买房,结婚,在北京办了盛大的婚礼。老钟是一家公司的副总,正在雄心勃勃地准备另外开疆辟土,创建新公司的。老钟说了,婚后就让巫红辞了职,安心在家做钟太太。健健身,美美容,逛逛街,养养孩子。霞飞一口一个卖糕的,眼红得要死。追着老钟问,还有没有这样的男人啊,求介绍。巫红踢了她一脚,笑骂道,求包养吧你是。霞飞说,求包养就求包养。这世道,谁怕谁呀。老钟就笑得呵呵的。

巫红的婚事,在芳村传得神乎其神,说是巫家的老三厉害,嫁到了北京。北京,那可是皇城根,天子脚下哇。老巫老实巴交,窝囊了一辈子,倒生了个好闺女。可见是巫家祖坟风水好,好就好在那地形上。巫家老三,往后子子孙孙就是北京人啦。老巫就是北京他爹,北京他姥爷。也有人私下里说,可惜巫家老三是个闺女,要是个小子,就更厉害了。巫红她娘悬了多年的一颗心,也终于放下来了。芳村鸡毛蒜皮的事,也要给女婿打电话,显摆女婿的厉害。巫红恼火得不行。老钟却都笑眯眯答应下来,把丈母娘哄得高高兴兴。弄得巫红她娘觉得,女婿倒比闺女还贴心,天天把她这北京女婿挂在嘴上。

巫红到底是辞了职。她怎么不知道,她跟蒋江潮那一段,这公司上下是清清楚楚的。而今都成了往事,物是人非了。换个环境,对谁都好。尤其是老钟。男人嘛,都爱面子。谁愿意让人家在背地里嚼舌头呢。她自己呢,趁机体体面面地打了辞职报告,也算是全身而退。她到底是芳村出来的,穷门小户的孩子,从小就知道,在这世上走一遭,要知道行止,知道进退。从小到大,她从来就没有任性的资本。

巫红辞了职,正是新婚,在家里过了一段安闲甜美的日子。五一的时候,回乡省亲,轰动了整个芳村,真的有点衣锦还乡的意思了。这么多年了,芳村出去的人也不少。有谁像巫家老三这样风光的呢。如今村里人外出打工,自己开工厂,见多识广,有钱的也多。用村里见德爷的话,他们是富了,可是富而不贵。巫家老三,还有老三那女婿,才算得上贵重人物。北京城哪,那是朝廷待的地方,紫气祥云,大贵大福之地。巫红她爹只是憨笑着,给人们散烟,是软中华,老钟孝敬的。人们哪里舍得吸,别在耳朵上,自己又卷了旱烟,吧嗒吧嗒吸着。老钟陪着老丈人,被指点着,叫大爷,叫大娘,叫二叔,叫婶子,一口南方普通话,亲热极了。

从芳村回来,巫红跟老钟说,嘚瑟够了吧。老钟说,哪里哪里。巫红说,虚荣心得到满足了吧。老钟说,哪里哪里。

夜里,老钟格外骁勇善战。巫红娇喘吁吁,骂道,你疯了。老钟说好吗,好不好,唉,好不好。巫红叫起来。老钟说,怎么样,唉,怎么样,比老蒋呢——

夜深了。这小区十分安静。远处，好像隐隐有雷声。可能要下雨了。老钟的鼾声一声高一声低，没有章法，有时候忽然停下来，过了好一会儿，却又响起来了。他们这房子是高层，楼间距大，只拉了纱帘，却并不担心给人家看到。雷声隆隆，好像在远远的天边，又好像就在窗外，在枕边。

巫红睡不着。这么长时间了，这是他们之间，第一次提起蒋江潮。而且，还是在这个时候。

老钟他是故意的吧。

服务生过来，把醒酒器里的红酒给他们倒上。又送来一枝月季，说是饭店的小礼物，给女士的。巫红说谢谢，把那月季插在红酒瓶子里。这饭店后院里种着一片月季，这个季节，据说经常摘了新鲜月季馈赠客人，又浪漫，又温馨。真是惠而不费的营销策略。这枝月季是那种干净的粉色，有着十六岁少女的稚嫩和清新，跟巫红的绿裙子倒是十分相宜。老钟说，好看。这丫头倒挺有审美眼光嘛。巫红说，都中年妇女了，跟这少女色系不搭啦。老钟认真地看了她一眼，说，瞎说。你顶多就是准中年妇女。巫红扑哧就笑了。

你还是笑起来好看。老钟说，举着酒杯，轻轻晃动着。

巫红说，你新婚的夫人，知道你在跟前妻，一个准中年妇女，喝酒调情吗。

老钟的脸马上就阴下来，道，你有意思吗。

巫红说，有意思啊。我觉得有意思极了。

老钟仰头把杯子里的酒喝掉,把酒杯举到脸颊旁边,说,巫红,婚是你要离的。我好说歹说,你是铁了心非离不可。现在这样指桑骂槐,有意思吗你。酒杯映照出老钟的一张瘦脸,好像是变了形。酒杯里残留着一点红酒,仿佛割破了口子,没来得及擦净的血迹。巫红不说话。老钟又倒了半杯红酒,一口喝光,说,我那么快结婚,就是想气你。我老钟在公司,大小也算个人物,也是很多女的往上扑的。你巫红不要,有人要——老钟的舌头有点硬,脸红红的,熟了的大虾一样。

巫红不说话,抽了一张餐巾纸递给他。老钟不接。老钟看着她,为什么?啊,到底为什么啊?老钟把酒杯倒过来,让那残留的红酒一点一点从杯子里滴落下来,滴在桌子上那张餐巾纸上。餐巾纸慢慢晕染开来,极淡极淡的粉,斑斑点点,好像是一个女子的泪水。巫红不大喜欢老钟这一点,怎么说呢,老钟身上有一种阴柔气质。过于细腻,过于纠结。在有些事情上,有点拿不起,放不下。就像他们的离婚。

离婚是巫红提出来。

那时候,他们结婚两年多,没有孩子的打扰,还是二人世界。照说,正是郎情妾意的甜美时光。有一天,是个周末吧,两个人在家闲着没事,巫红包了饺子,三鲜馅,为了买新鲜的大虾,巫红跑了好几家超市,最后在惠新西街南口附近的物美买到了。巫红爱吃饺子。这一点,她还顽固地保留着芳村人的习惯。在芳村,其实也不止是在芳村,在中国北方乡村,大约都是这样吧。好吃不过饺子,好受不过倒着。饺子作为最隆重的待客之道,被人们的胃和情感反复记忆反复验证着。老钟是南方人,对饺子的感情一般。每一回巫红张罗着包饺子,他都要泼冷水,说想吃去外头吃不得了,干吗这么费事。巫红说,你不懂。老钟说,我不懂?农民习性。巫红说就是嘛,就是农民,怎么了?这种说笑,平时常常有的。对于老钟的嘲笑,巫红也不恼,倒觉得受了激励。要是早些年,巫红可没有这么大度。对于她的乡下出身,对于她父母的农民身份,她是十分敏感而在意的。然而现在不一样了。经过这么多年的摔打和磨砺,她早已经不是当年那个乡下姑娘了。渐渐地,她喜欢把乡下挂在嘴上,说这要是在我们芳村如何如何。她学会了自嘲,也学会了自黑。这是越来越粗粝了吗。或者,是越来越脆弱了?

当晚,两个人吃了饺子,巫红在厨房里收拾完毕,出来坐在沙发上。老钟正在翻电视频道。也不知道,老钟怎么就那么爱看电视。现在谁还看电视啊。那些个脑残的电视剧,简直要命。

巫红说,我想跟你谈谈。

老钟说,嗯?继续换频道。

巫红说,我想跟你谈谈。

老钟把她拉到怀里,说看会儿看会儿。别这么一本正经。

巫红在他怀里半依着,过了一会儿,说,我们,分了吧。

老钟说,嗯?

巫红说,分了吧。我们。

老钟说,你什么意思?

巫红说，我的意思是说，我们离婚吧。

老钟一下子僵住了。电视上正播着公益广告，教导人们要常回家看看。一个老妇人，正在吃力地拨电话。莫名其妙地，巫红觉得那老妇人的眉眼很眼熟。到底像谁呢。

老钟说，为什么？

巫红说，什么为什么？

老钟气得一下子就把遥控器甩在地下，巫红，我忍了好久了。老钟的脸气得都歪了，你是不是还想着那个姓蒋的？你是不是一直没有忘掉他？

巫红摔门子就出去了。

出了门她才发现，身上还戴着围裙，更要命的是，脚上还穿着拖鞋。十月下旬，秋已经深了。她坐在小区花园里的椅子上，看着苍茫的夜色，心里有点恍惚。怎么竟弄成这个样子了呢。小区里绿化很好，这个时节，树木的叶子都快落尽了，在深秋的风里沉默地站立着。点点灯光从窗子里泄露出来，那灯下的人们，该是岁月静好的吧。只有她，像一个流浪汉，无家可归。刚才，她的话，是当真的吗。她怎么就忽然说了那样的话呢。

霞飞赶过来的时候，她已经在外头坐了一个多小时了。霞飞看着她的围裙和拖鞋，扑哧就笑了，刚给人家当了老妈子，就要罢工啦？巫红说你还笑。霞飞说，那我还哭哇。刚刚正跟人吃饭呢，一个电话就被你叫来了。坏了我的好事。巫红也无心问她什么好事，大约是又谈恋爱了。霞飞说，怎么着，要么去我那儿？巫红说，不妨碍你吧。霞飞说，废什么话啊。假惺惺。

从那回以后,他们就算分居了。后来,巫红总是想,要是那天晚上,她不出来呢。要是那天晚上,她没有说那句话呢。

老钟倒是打电话,几次三番,求她回去,有什么话不能好好说呢,坐下来,心平气和地谈一谈。老钟问她,是不是他哪里做得不好?是芳村的事,还是北京的事?巫红她娘交代的那些事,他都给办了啊。要说有一样没办好,就是巫红她姐夫的嫂子的外甥女的工作,因为学历不够,暂时没找到合适的。可是他都尽心了哪。巫红冷笑一声,说让你受累了啊,一帮乡下的穷亲戚。老钟说没有没有,我愿意啊。巫红说,以后,就没这些麻烦了。老钟说,我没说麻烦啊,我不怕麻烦。巫红的泪水流下来,凉凉地流到腮边。老钟说别闹了,我哪里错了,我改还不行吗。巫红说,你没错。是我错了。

霞飞在旁边咬牙切齿,恨道,你牛,你真牛,把个大男人揉搓得什么似的。你也真忍心?巫红不说话。霞飞说,你到底怎么想的?老钟他天天逼我,你就不能给个痛快话。巫红说,离,我俩得离。霞飞说,我看你就是这命,苦哈哈什么都没有的时候,倒穷开心。如今嫁了个好老公,天天哄着宠着,倒作起来了。你就作吧你。

老钟无法,托这个说,托那个说,巫红都不开口。后来,巫红她娘打电话过来,什么也不说,只是跟她哭。巫红她娘说,你要是敢离婚,我就一头撞死去。巫红她娘说红啊,你是不是撞上什么不好的东西了,我找人给你烧烧香问一问仙家,怎么好好的日子不过,就这么生闹呢。人这一辈子,得识局哇。你看看你姐姐她们，你就知道识局了。怎么着不是一辈子哪。

拖了半年多，他们还是离了。没有孩子，他们的婚离得也干净利落。老钟拿走了他的一些私人用品，基本上是净身出户。巫红坚持把车给了他，在北京，没有车就等于没有腿。老钟这么多年都没有挤地铁了，肯定不习惯。还有一点，这车是老钟的心头肉，跟心爱的坐骑似的，驯熟了的。霞飞说，看你们推来让去，相敬如宾，有你们这么不像话的吗。巫红就笑。老钟也笑。说恭敬不如从命，那我就先开着。

老钟很快就结了婚。

收到顺丰快递电话的时候，巫红正在跟客户吃饭。离婚后，巫红又找了一份工作。她这个年纪，不上不下的，有点尴尬。学历呢，又是短板，属于先天不足。资历吧，也说不上。在小城的时候，她靠的是小巨。来北京以后，其实还是靠着蒋江潮。后来又辞了职，靠着老钟。她总以为，她这辈子是吃定男人了，男朋友也好，丈夫也罢。芳村人有句话，嫁汉嫁汉，穿衣吃饭。她深信不疑。为这个，霞飞都骂过她好多回了，愚昧啊，愚昧。男人靠得住，母猪都会上树。巫红哈哈大笑。霞飞说，还笑呢，以后有你哭的时候。霞飞真是乌鸦嘴啊。巫红坐在电脑前，苦苦等着那些求职简历回音的时候，霞飞的预言在耳边一遍一遍回响。所有的求职信都如泥牛入海，她一颗心渐渐地灰了下来。她的梦想呢，她的那些野心呢。真是心比天高，命比纸薄啊。她拿出手机，在照相机镜头里端详自己那张脸。什么银盆大脸娘娘的命。什么不是平地卧的。都是骗人的鬼话。她怎么就信了呢。是不是，潜意识里，人人都愿意相信，自己永远会把一把好牌攥在手里，是人生赢家，输的总该是别人呢。

后来，她索性就把身段放下来，不挑不拣，什么工作都行。她去了一家小公司，也是原来的品牌咨询领域，从最底层的职员做起。薪水不高，好在她有房子，也不用担心房贷。当初，这房子是老钟全款买下的。有时候，听着同事们抱怨房价高、房贷压力大的时候，她一面暗自庆幸，一面涌起来对老钟的感激。无论如何，在房子这件事上，老钟还算是一个有情有义的男人。

顺丰快递的电话刚挂，老钟的微信就来了。请柬，请收。乞光临。

请柬？什么请柬呢。莫名其妙地，巫红几乎在一秒钟之内断定，是结婚请柬。真是太神奇了。女人的直觉啊。巫红没有回复。故作镇定地跟客户吃完饭，又装模作样地喝了咖啡。一进单元门，她迫不及待地打开大厅里的蜂巢柜，是一个薄薄的大信封。薄薄的，薄得叫人感觉不祥。她捏着那薄薄的信封上楼，开门。钥匙捅了半天，才把防盗门打开。靠在门上，她撕开那大信封。她的手抖得厉害，信封被她撕歪了，斜斜的一条口子，露出里面大红的烫金请柬。她看着那一对新人的名字，那喜气洋洋的朱红，右上角，被她撕裂了一点，像是尴尬的慌乱的一瞥。她感觉有一根疼痛的细线，从左手腕处，慢慢蜿蜒到小臂，大臂，一直到她的心脏。细细的啃啮一般的疼痛，一掣一掣，疼得琐碎而锋利，她不得不弯腰蹲在地上。

地毯还是那地毯，家具还是那些家具，房子还是那个房子，家却已经不再是那个家了。墙上的那张油画，还是老钟亲手挂上去的。是他的一个画家朋友的作品，淡蓝的晨曦里，一湖秋水荡漾，水畔的一个姑娘坐着，背影孤独，哀伤。有多少回，她幻想着那姑娘会在某个瞬间转过身来，回眸一笑。她原以为，她对老钟早没有什么了。当初，不是她哭着喊着非要离不可的吗。她老盼着老钟什么时候再婚，省得他再来烦她。有时候，她还半开玩笑半认真地，张罗着要给老钟介绍女朋友，笑得呱呱呱呱，轻松的，亲昵的，体己的，毫无芥蒂的样子。弄得霞飞都信以为真了。霞飞说你心真大，你当是物色接班人哪。霞飞说要不就别费事了，我行不行，唉，行不行。巫红说去去去，你那一帮狐朋狗友们，翻牌子翻得过来呀你。霞飞嘎嘎嘎嘎大笑。

巫红坐在地毯上，反反复复看那照片上的新娘子。照片是老钟发来的，婚纱照。他们当年都没有婚纱照。老钟嫌俗，说婚纱照多俗哇，照出来连自己都不认识。坚决不照。怎么这一回，倒听话了呢。她端详着那新娘子，看上去，是一个温婉的女人，只是眉眼间好像藏着一段哀怨。脸呢，是人们说的那种锥子脸，照片上好看，生活中，总觉得单薄了。嘴唇也薄，鼻子塌塌的，颧骨却高，面相上，不像一个多福的。婚纱倒是华贵美丽，可是她太瘦了，若是穿在自己身上……她蓦地一惊，脸上就烧起来。她这是怎么了。

婚礼自然是借故没有参加。依着霞飞的主意，她是一定要出席的,并且是,盛装出席。霞飞都替她想好了,穿什么裙子,配什么鞋子,戴什么首饰,弄什么发型。她就是要喧宾夺主。她就是要让所有人都看一看,她不在乎。离了婚,她绝不是怨妇一个,她活得更滋润更出彩了。巫红一面听,一面摇头。她想象着婚礼的盛大场面,只觉得难过,觉得悲凉。她们那场轰动芳村的婚礼,还在人们嘴里传说着,仿佛就在昨天,还有那衣锦还乡,简直就是恍惚间的事情。眼看着起高楼,眼看着宴宾客,眼看着楼塌了。这世间的事情,怎么说呢。

服务员轻轻过来,端来一份老鸭汤。老钟帮她盛了一小碗,细心地把枸杞一粒一粒挑出来。她不爱吃汤里的枸杞。老钟的手指细长,白皙,她看着他灵活的手指,这手指曾经对她的身体是多么熟悉啊。它们拨弄着她,就像拨弄着一把小提琴,在深夜里流荡出动人的旋律。而今,它们却属于另一个女人了。煮过的枸杞肥嘟嘟的,在餐巾纸上红红地排列着。她的这些小习惯,老钟竟还记得。她心头酸酸的,一时竟哽住了。人这东西,真是奇怪的动物啊。之前,她对老钟横眉立目,爱理不理。自从老钟再婚以后,她却忽然变了,变得,怎么说,好像是温柔了,随和了。老钟有电话来约,她是不悦的。觉得,老钟怎么能这样呢,一个有家室的男人,还老约她做什么。可见男人都是靠不住,吃着碗里的,看着锅里的。可是假若老钟老不来电话,她竟然也是恼恨的。世人只见新人笑,不闻旧人哭啊。喜新厌旧,是人性的弱点吧。老钟这厮,果然是一个无情的。

她这些女人的小心思，老钟哪里能懂呢。只说是巫红难伺候，忽冷忽热，忽怨忽啼，一时如一盆火一般，一时又如怀抱着冰雪。唯小人与女子难养也。可见孔夫子这话是极有真理性的。

老钟说，喝点汤，鸭汤温补的。两个人慢慢喝汤，一时无话。

桌上的那枝月季开得正好，接下来，就是渐渐衰败了吧。就像她这个年纪，看上去好像是饱满绚烂，是一个女人的全盛时期，可谁知道呢，这饱满绚烂的尽头，正是日渐衰败的开端。那一种说不出的惊惶，恐惧，患得患失，又无可奈何，实在是一言难以道尽。好像是，北京的市花就是月季。老实说，巫红不大喜欢月季。月季这东西，看上去跟玫瑰极仿佛。巫红就总是分不清，老把它们混淆了。然而，月季到底不是玫瑰。就像生活，你必得诚恳以待，你永远无法以假乱真。不是吗。

服务生上了水果，是草莓。这个季节的草莓，正当时令。巫红吃得满嘴汁液，十分畅快。老钟却不怎么吃。巫红说，有什么话，你说。老钟叹口气，说，你啊。你这个人，就是太聪明了。巫红说，我？你是在笑话我吧。巫红说你见过比我还傻的人吗。老钟说，我修正一下，你的优点是，聪明。你的缺点是，太聪明。眼睛里揉不进一粒沙子。巫红笑起来，我知道了，你这是在变着法地骂我。

吃完饭，她没有让老钟送她。春光正好，她在街上信步走着。路边有一个建筑工地，被隔离起来，依稀可以看见工人们忙忙碌碌。大约用不了多久，夏天，最晚秋天，说不定就又有一座大楼拔地而起。来北京这么多年了，这个城市，还是陌生的，叫人不那么容易亲近。不像是家乡的小城，小的，却是温暖可亲的，叫人放心，就像她的初恋。路边的绿化带郁郁葱葱，花们都开着，灼灼的，一树是红的，一树是粉的，一树是白的。空气里弥漫着淡淡的甜腥的味道，混合着草木的茂盛的青气，叫人禁不住鼻子痒痒。

霞飞在微信里问她在哪儿呢。她说酒足饭饱，在赏花。霞飞回了一个白眼，说好雅兴。跟老钟吧？你老跟老钟这么勾勾搭搭，算怎么回事呢。巫红恨道，你能不能再说难听点。他犯贱，怪我吗。霞飞就语音过来了，你看你，一逗就急。我最受不了你这一本正经的样子。巫红也语音过去，有你这么说话的吗。霞飞咔咔笑，说，他犯贱，不是正合你意吗。你看着吧，不定哪天就旧情复燃了。巫红说，你以为都是你啊。霞飞说，你啊，你最大的优点就是，看得清。最大的缺点就是，看得太清。巫红一下子就不说话了。

这小区十分安静，虽然离马路不远，绿化带隔断了喧嚣的市声，有点闹中取静的意思。健身区附近，有一个小亭子，几个闲人坐着晒太阳，旁边的婴儿车上，有一个孩子咿咿呀呀，挥胳膊蹬腿，在对这世界发表着自己的看法。巫红看着那孩子粉粉白白的小手，一笑露出一嘴粉红的牙床子，心里忽然奇异地一动。在芳村，像她这么大年纪，早该儿女成行了吧，比方说，欣欣、菊子、燕来她们，都是从小一起玩大的，如今，她们早都做了妈妈。她呢，在北京，还是孤单单一人。结婚，离婚。在滚滚红尘里折腾着，用芳村的话说，打着没底的跟头。在芳村人眼里,她巫红风光无限,可是,谁知道她的内心呢。她不是野心勃勃吗。她不是不甘心平凡人生吗。从芳村到省城到京城,一路跌跌撞撞,这伤一块,那碰一块,直弄得伤痕累累。扪心自问,这是她想要的生活吗。

那一天,是在跟老钟结婚以后,晚上,老钟在浴室里洗澡,手机响了。他的手机搁在床头柜上,就在老钟睡觉的那一边。手机铃声执拗地响着,一遍又一遍。平日里,巫红是不乱动老钟的手机的。她不像那些个无聊的女的,动不动就偷着查看男人的手机,特工似的。老钟也不动她的。都是成年人,谁还没有点秘密呢。眼不见心不烦。这世上,有什么东西是经得住深究的呢。那一回,偏偏手机响了一遍又一遍,没完没了。叫老钟,老钟听不见。浴室里水哗哗哗哗响着,夹杂着老钟欢快的口哨声。巫红有点烦,抄起手机就要摁掉。那边却挂了,显示是费大胡子。这费大胡子她是知道的,跟老钟是哥们。这么晚打电话干什么呢,还打了好几个,一定是有什么事了。刚要把手机放下,却有一个微信发过来,她瞥了一眼那头像,心里头一震。

居然是蒋江潮。蒋江潮的头像没有换,还是他那只凶猛的藏獒。蒋江潮的微信,她是早已经删了,可是,她一眼就能认出来,那就是蒋江潮,微信署名是老蒋。老钟设置了密码,她试了两次,都打不开。老钟跟蒋江潮,他们还有联系?说是蒋江潮辞职了,不知去向。原来老钟是知道的?可是,老钟为什么要瞒着她呢。她又试了一遍,还是不成。老钟的口哨声,夹杂着哗哗哗哗的水声,从浴室里传出来,磨砂玻璃门被水汽弄得模模糊糊的,好像是大雾弥漫的冬天的早晨。巫红心里着急,出了一头一脸的热汗。她又试着输入他们的结婚纪念日,心想这回不成,就罢了。

却打开了。她的一颗心怦怦直跳,手指头哆嗦着。老蒋和老钟,一问一答,长长的微信聊天记录。她飞快地翻看着。老钟在浴室里喊她,叫她帮忙拿一条浴巾,就是咖啡条纹的那条。老钟的口哨声轻松,快乐,有一种微微的挑逗的意思在里面。巫红把浴巾递给他,隔着狭窄的门缝,浴室水汽蒸腾,老钟的脸被白的水汽萦绕着,模模糊糊看不清。

后来,巫红不止一回想起来,那水汽弥漫的浴室,模糊,隐晦,幽深。就像一个谜团。还有那个寒冷的冬夜,她和老钟在人行道上走着。夜风凛冽,把她的话吹得支离破碎。

为什么告诉我这个。

老钟说,幼稚。

幼稚。是啊。巫红原以为,从芳村到北京,生活教会了她很多。她早已经不是那个傻乎乎的乡下姑娘了。她学会了看生活的眼色。她知道命运这东西,不可违抗。谁能料到呢,在一些重要的十字路口,她还是幼稚得不行。就像老钟说的。

那个晚上,从那些断断续续的聊天记录中,她大略知道了事情的真相。蒋江潮有家室,这是真的。也许是担心后院起火,也许是害怕被巫红套牢,当然也许是另有新欢,总之是,蒋江潮想全身而退了。没错,作为兄弟,老钟是仗义的。哥们有了麻烦，他必得挺身而出。在那个冬夜，酒后，出于"义愤"，他揭穿了蒋江潮的骗局。后来，这出英雄救美的好戏居然还有了续集，英雄真的动了怜惜之心，最终抱得美人归。他们结婚了。

这个续集，恐怕是蒋江潮始料未及的吧。

好多回了，老钟问她为什么，为什么好好的非要离呢。老实说，她不想说破。最初，她恨他们，恨蒋江潮，恨老钟。她的感情，她的婚姻，竟然是一个阴谋，一个类似于游戏的骗局。男人这东西，真的是不可倚靠。自然了，平心而论，老钟对她很好。她几乎可以断定，老钟对她，是有真心的。就凭着这一份真心，她跟他的婚姻，还够和和美美地过上十年二十年。可是，她怎么就这么难过呢。她警告自己说，她不应该恨老钟。她应该恨的人，是蒋江潮。蒋江潮是下作的。老钟呢，无非就是盲目的仗义罢了，虽说是不免有助纣为虐的意思。可老钟到底是爱了她，娶了她。她不该为此对他感激涕零吗。她不该就此死心塌地跟他过安定日子吗。可是莫名其妙地，心里头的那根刺，怎么就那么疼呢，一碰就疼，疼得钻心。疼得她吃不好睡不好，日夜不得安宁。

小区里人渐渐多了起来。周末，人们都空闲下来，赏赏花，看看树，在健身区活动一下筋骨。主妇们到对面的超市购物，拎着新鲜的蔬菜、水果、活蹦乱跳的武昌鱼，水淋淋一路走回来，碰上熟人，打着招呼，停下说几句闲话。有个小孩子被一只小狗叼走了零食，委屈地哭起来，那妈妈哄着他，一面批评着那小狗。这是成熟社区，生活方便，有着浓郁的世俗烟火的气息。

当初,买这房子的时候,老钟一眼就看上了。问巫红,巫红也说好。私心里,其实她更喜欢前面看过的那小区,价格比这个贵,地段更好,更安静,看上去也更高档。那时候,她还不清楚老钟的经济状况,她也是想趁机探一探他的底子。老钟说,这小区多好啊,银行,超市,邮局,地铁,公园,设施齐全,方便,又接地气。是不是。巫红说听你的。这房子老钟全款买下来了。更重要的是,房产证写的是巫红的名字。她非常意外。这是在北京啊。这年头,在北京,也不止是在北京,在房价飙升、房子成为人们日常生活中最大的那个痛点的时代,中国的任何一个城市,甚至乡村,房子都是最敏感的话题。老钟这家伙!霞飞悄悄跟她说,小主,你这是碰上真命天子了。多大的恩宠哪。

别的不论,就冲着这一点,好像这婚都不该离了。这样一个时代,有多少男女为了房本上写谁的名字反目成仇呢。好像是,这是一个试金石,是对对方情感是否真诚的严峻考验。车子倒还在其次。离婚的时候,老钟净身出户,这又是一个意外。巫红本以为,他会在房子这件事上纠结一番,要是他说出来要,她也没有理由非不给不可。毕竟,这是人家花钱买的,是婚前财产。可是,老钟竟然眼睛都不眨一下,说给她就给她了。巫红表面上平静,心里却是翻江倒海。人就是这样。假如老钟非要拿走不可,她倒不见得痛快给他。她也不是那么好说话的人。更何况,她在北京,什么也没有。她必得为自己的未来打算。可是老钟这样二话不说给她呢,她倒又觉得内疚了。霞飞笑她虚伪。得了便宜卖乖。虚伪吗,好像是有点。可这虚伪的内疚里，还有别的。霞飞她，哪里懂得呢。

一进家门，小白就噌地扑过来，在她脚下撒娇，腻歪来腻歪去，见她不理，索性就躺在地上，有点像耍赖的小孩子，眼睛巴巴地看着她。巫红把它抱起来，摩挲着它秀气的小脑袋。小白娇嗔地叫着，舒服地闭上双眼。这小白是老钟留给她的，说是让小白陪着她，是怕她孤单的意思。巫红却怼回去了，你怎么知道我会孤单？我不会找个小鲜肉？

窗子还半开着，出门的时候忘了关了。阳台上晾晒的衣服床单被风吹起来，飘飘摇摇，仿佛旗帜一般。那只画眉在翻飞的旗帜之间婉转啼叫着，有一点抒情诗的忧伤。兰草是老钟从广西带回来的，养得不错。而今，叶子却有点发黄了，也不知道是浇水不得法，还是怎么回事。她在百度上查了查，也查不出个所以然来。还有那几条鱼，在一个景德镇青花瓷鱼缸里养着，换水，清洗，喂食，这些烦人的琐碎活儿，向来都是老钟的。有时候，老钟打电话来，也会问候一下他的这些属下们。问鱼怎么样，别多喂，别撑着。竹子呢，没有黄叶子吧。画眉呢，小心那笼子门，千万关好喽。小白呢，又胖了没有。巫红嫌他啰唆。说怎么女的似的。老钟就笑，说我也觉得呢，我是女的，你倒更像男人。

巫红放下小白，进浴室洗澡。镜子里那个人，大胸大屁股，长发浓密，跟下面那黑色芳草地呼应着，衬托得皮肤越发雪团子似的。这是男人吗。这分明是女儿身哪。三十出头，好像饱含着汁水的果实，鲜美的，甜蜜的，脂红粉白，正当时令。莲蓬头里的水恣意喷下来，浴室里，白的蒸汽弥漫，镜子立刻就模糊了。早先洗澡的时候，总是老钟先洗，然后才叫她进来。北京的冬天冷，浴室里没有装浴霸，她进来的时候，老钟早把浴室洗暖和了。她头发长，洗头是一项复杂的工程，都是老钟帮她洗。自然了，水汽缠绕着香气，暖意融化着春光，洗澡的时候，他们少不得做一做那鸳鸯戏水的好事。温热的水流击打着她的身体，溅起晶莹的水花。她感觉身体深处，仿佛有一股隐秘的热潮涌动着，涌动着，她不禁轻轻叫出声来。她这还正值盛期的身体，已经清净多久了？

　　对于那件事，她还是抱着老旧的观念。觉得，男女之间必得是两情相悦，才谈得上身体上的瓜葛。霞飞就嘲笑她，食色，性也。饿了吃饭渴了喝水，挺简单一件事，被你们这些假道学们附加了那么多意义。累不累啊。巫红也不争辩。私心里，对霞飞这种作风，她看不上归看不上，有时候，竟然还是有那么一点羡慕的。生年不满百，人生还不就是那么回事。朋友圈里，今天这个走了。明天又那个没了。故人零落，就像秋风里的枯叶。她不知道，是不是因为现在资讯发达了的缘故，人生走到中途，常常听到这样的消息。既然人生匆促，为什么就不能洒脱一些呢，像霞飞她们那样，自己放松，旁人也放松。为什么非要紧攥着拳头大睁着眼睛皱着眉苦着脸走路不可呢，走这么长的路，走得专注，走得一身热汗，走得身心俱疲了，还得咬牙撑着。就像她这样。

　　其实，也有很多男人追她。或明或暗，半真半假。只要她愿意，她不是不可以谈谈恋爱，用霞飞的话说，再打着谈恋爱的幌子，耍耍流氓。结不结婚的另说。可这事在她怎么就这么难呢。有一回看到一篇报道，说是据调查，中国女性出轨率高达百分之八十，她吃了一惊。心里半信半疑，也有点微微的遗憾。看来，世道真是浑浊，不可测。在一池子浑水中，还想养出白莲花来吗。

　　夕阳在阳台的玻璃上留下花草摇曳的影子，有一点光斑反射到吧台的酒柜上，碎了的金子一样。黄昏缓缓降临了。这个时节，白天变得更长了，黑夜越来越短。风从窗子里吹过来，把白色的纱帘弄得一荡一荡。不知道谁家在炖鸡汤，浓郁的香味在空气里弥漫着。一个小孩子在唱着什么歌，也不成调子，唱一句，歇一会儿，奶声奶气。有人在低声哭泣，哽哽咽咽地，是一个女人，好像是在等着人家来哄。巫红披了一件浴袍，坐在沙发上修指甲。她不大喜欢染指甲，脚指甲也就罢了，手指甲染成各种颜色，她总觉得不洁。脚指甲她喜欢染那种最鲜艳的红色，一年四季都染。大红的脚指甲，有一种隐秘的动荡的性感在里面。霞飞说，你这是闷骚。知道吧。巫红就笑。她想起来，那个晚上，她把一只染着豆蔻的光脚伸到老钟的怀里。老钟的呼吸很粗很急。他虽然瘦，可是勇猛得像一只豹子。矫健，敏捷，富有攻击性。灯光深处的老钟，跟白天衣冠楚楚的老钟不大一样。他的身体散发着一股青草的气味，有点涩，却清新好闻。老钟他，对那个夜晚，是蓄谋已久了呢，还是临时起意的呢。他对蒋江潮出手相助，是兄弟之间的仗义呢，还是醉翁之意，不在酒，而在乎的是她巫红呢。一走神，她差点剪了自己的肉。这个问题，她从来不愿意去深想。她想着想着，心里头就乱糟糟的，头疼得厉害，觉得生活是一团麻，一旦扯开一个线头，就会扯出更多烦恼，剪不断，理还乱。她本能地抗拒这个。

霞飞刚发了个朋友圈，美食，鲜花，涂着甲油的一只手。她是日料控，鲜花也是她最爱的黄玫瑰。那双手大约是新做的，清新的绿，跟这个季节的情绪倒是吻合。这一刻的想法是，春深似海。她心里笑了一下，这家伙，看来是又坠入爱河了。好像是知道她心思似的，霞飞发来一张图片，是一个男人的背影。估计是偷拍的。那男的穿一件细条纹衬衣，质地应该不错，头发在灯光下乌黑发亮，一眼看上去，也看不出年纪。再多看一眼，到底还是看出破绽了。那背影虽然挺得笔直，她还是从中看出了一点不一样。也不是疲惫，也不是倦怠，好像是在时间的冲击下，不由自主的惊惶，对流年的恐惧，对衰老的无能为力。他坐在那里，在等着一个年轻的女人，至少，比他要年轻得多。他必得打起十二分精神，才能在年轻女人面前，保持着风度，还有男人应有的生机，气势，趣味。他大约也是很累的吧。巫红回了一句，悠着点。霞飞没有秒回，半晌才回了个调皮吐舌的表情。

夜里，不知什么时候下起雨来了。她躺在黑影里，听着窗外萧萧的雨声。这该是春雨了吧。偏偏春风春雨恼人。手机还开着，却没有信息来。她翻出霞飞的那个表情，删掉。生活对她沉着脸色。她到底学不会对它做鬼脸，比如说，调皮地伸出舌头。

夜是越来越短了，怎么却越来越难挨到天明呢。一夜春风春雨，明天，该不会有霾了吧。昏昏沉沉地，也不知什么时候，她竟然终于睡着了。

付秀莹，当代作家，《长篇小说选刊》主编。著有长篇小说《陌上》《他乡》，小说集《爱情到处流传》《朱颜记》《花好月圆》《锦绣》《无衣令》《夜妆》《有时候岁月徒有虚名》《六月半》等多部。曾获十月文学奖、蒲松龄短篇小说奖、茅盾文学新人奖、汉语文学女评委奖、汪曾祺文学奖、施耐庵文学奖、华语青年作家奖等多种奖项。作品被收入多种选刊、选本、年鉴，部分作品译介到海外。

# 朱三小姐的一生

任晓雯

## 一

每个人都在等待朱三小姐死去。她已老瘦成一把咔啦作响的骨架子，却仿佛永远不会死。

祥元里的孩子们，自打有了记忆，就识得她。那时，她头发还是皂灰色的，夹了些许银白，用篦子向后梳齐，在颈窝上盘个元宝髻，簪一朵塑料牡丹花。她身穿藏蓝的阴丹士林旗袍，光了两截青筋蚓起的腿，底下一双羊猄皮浅口高跟鞋。

有那么一阵，她天天站在学堂门口，将竹篮头拴了麻绳，悬在路牌上。篮里是她捡的废报纸。她折了许多纸鸟，边折边唱："我的少年郎，聪明又体壮，他给我无上的勇气，又给我无限的新希望……"声音清亮到不像她自己的，仿佛身体里有个二八大姑娘，在替她歌唱。唱罢，笑眯眯招手："乖小囡，来来，拿只小鸟白相相。看呀，小鸟飞啦。"一阵风过，纸鸟当真飞起来，扬着，颠着，盘旋着，在风尽处逐一扑落。"来呀，拿只小鸟，快点拿了跑。"

大家怕被她抓住似的，哄散开去，远远喊测。各人从父母那里，得到她的消息。她叫朱三小姐，又叫疯婆子，死老太婆。她孤身一人，住在隔壁弄堂三层阁里。"她是一个妓女，"大孩子们半懂不懂地说。

朱三小姐很快被驱逐。她意犹不甘，仍到学堂门口转悠。看门老头拿一把扫帚，赶麻雀似的赶她。她一惊，欠欠身，沿了墙角走开。旗袍裹着她的胯，将她步子勒得小小的。从马路对过看，她仿佛是在滑行。

她滑过点心铺，往里张一张，老板娘即刻出来阻拦，"做啥。"她退后半步，递出钞票，"两只菜馒头。"老板娘接钱进门，不时回个头，生怕她跟进来。她便愈发往后，退到梧桐树下。老板娘出来了，把找头甩给她，两只馒头放进竹篮。她捧出一只，吹着气，边走边吃。

她路过茶水摊头，又停下。摊主挥挥手。她站远了，少顷，又近前来。摊主说："没办法卖给你，你喝过的杯子，别人不肯用。"她忙从竹篮头里取一只杯子。摊主收了五分钱，为她斟满茶叶水。

后来，他逢人便说："雕花玻璃杯，琥珀色的，看起来很值铜钿，有钞票人家吃咖啡用的。"马上有人指出，朱三小姐拎的竹篮头，也不是普通买菜篮头，是有钞票人家装饭的筜筥。

继而纷纷说开，断定朱三小姐在装穷，她的三层阁里，满是值钱物什。"一日到夜荡来荡去，靠啥养活自己，肯定有的是老本吃。"于是传闻道，朱三小姐出自大户人家。很快被街边下象棋的老头们否定，"啥大户小户，就是个妓女。""长三堂子出来的妓女，也算大户人家，个个比少奶奶姨太太时髦。""算了吧，她也配当书寓先生。朱葆三路上的钉棚，三五角洋钿，给外国赤佬钉一钉。""怪不得叫朱三小姐，原来是朱葆三路的小姐。""她女儿活着的辰光，亲口跟我幺儿媳妇讲的，啧啧。"孩子们凑了听，听不明白，便要问。老头们嘎嘎怪笑，用烟头扔他们，拿茶叶渣子啐他们，"小赤佬，鸡鸡都没长毛呢，去去，一边去。"

好奇心让孩子们骚动。他们随在朱三小姐身后，"长三堂子、朱葆三路"乱叫。她跟聋了似的，依旧笃悠悠走。有人拿石头扔她，她"噢呦"回头，"小鬼头，不要调皮。"孩子们哈哈笑，笑过几次，便也无趣了。

在街角老虎灶旁，有一米来宽的凹角，放了把花梨木太师椅。靠背板正面，雕有牡丹花，背面用白漆写了小字："怀恩堂　耶稣爱你"。朱三小姐走累了，歇歇脚。没人想到偷椅子。一个老妓女在用它，有点脏，有点不吉利。孩子们拖将出来，拿削笔刀抠刮白漆字。朱三小姐来了，他们便逃跑。朱三把椅子搬回原地，揩揩椅面，坐上去。时已入冬，她加披了长棉袄，旗袍底下套一条老棉裤。衣裤厚大，脑袋就显小，孤零零悬在领口上，仿佛一片枯叶子。

冬天是老年人的季节，每个人都显老一点。孩子们被冻得老成起来，姑娘们在肥衣服里埋没腰身，有了中年般的体态。而真正的老人，也在冬天一个个死去。他们的名字，被写在水门汀地上，用黄粉笔框一个圈。锡箔在名字上点燃。烟火明灭，灰烬翻扬，留下黑色的灼痕，将名字掩得斑驳难辨。孩子们踩到黄粉笔圈，沾了一脚锡箔灰，大人便嚷嚷，"快点跳一跳，把死人晦气跳掉。"孩子问："为啥晦气，人不都要死的吗。"大人嚅着嘴，答不出，撩手一记头挞。

接连的冬天里，都有黄粉笔圈，在路上，在树底，在下水道格挡边。扎白腰带的子女们，抬了遗像，放了鞭炮，沿街哭一哭，隔日便跟没事人似的，继续他们的生活。下象棋的老头，死了一个，又死了一个。点心铺的老板娘，废品站的阿婆，烟纸店的长衫先生，相继死去。他们的小生意一起死亡了，门面变作便利店、鲜花店、贴膜店。老虎灶的大伯也死了，老虎灶收归国营，随后关了门。开起一家冒充法国来的面包店。倒闭后，换作服装店，又改为美甲店，再次倒闭，转让给修手机的。染黄发的小哥，终日坐在柜面上，拿手机看连续剧。店门外，易拉宝广告旁，换了一拨老人下象棋。

朱三小姐也老了。旗袍上补丁更多，走起路来，步子更小更慢。她依旧梳元宝髻，扎得过紧的白发底下，丝缕可见肉红色头皮。为要遮盖老人斑，她擦了满脸珍珠粉，粉粒嵌进皱纹褶子，仿佛一张连皮带肉的面具。路过的人们，忍不得回个头，说两嘴。猜测、嘲讽、咒骂，间或也有公道话，"老太婆五官蛮清爽的,年轻辰光卖相不差吧。"

## 二

朱三小姐年轻时,约莫是标致的。蜜合色的面皮,被"双美人"香粉刷白起来。一道垂丝前刘海,压着两条细眉毛。眼袋淤青,早早有了细纹。亏得一副圆脸架子,把年龄减小下去。她的长脖子最好看,每件旗袍做成高领,箍一半,露一半,勾了男人眼睛,往头颈下面走。织锦缎旗袍,香云纱旗袍,阴丹士林旗袍,都用"双妹"花露水喷香。

她在卡巴莱酒吧上班。到了夜里厢,朱葆三路的霓虹灯,跟狗皮膏药似的,一块叠一块。音乐聒得耳朵痛。小汽车,黄包车,载来一车车洋人。喝酒、跳舞、打架、按摩、赌钱。

朱三小姐有个"四姐妹帮",在新亚书店买来《金兰同契》的契纸,找了个长衫先生,相帮写下四人的姓名籍贯。又去沈石蒂照相馆合影。一色的细挑眉毛,垂丝刘海,嘴唇抹得浓又小。四个人看起来,真似同一娘胎出来的。合影粘在契纸上,各执一份,立为盟誓。

大姐来自盐城。几年前,一场瘟疫葬送她的丈夫儿女。她是朱三小姐认识的人里,第一个用文胸的,"瞧瞧,从法兰西运来的胸罩,比背心肚兜好用多了。"她展示给姐妹们看。朱三摸了又摸。大姐那对面粉袋似的奶子,潽潽满满兜在文胸里,将洋装顶高起来。洋阿飞们喜欢她,三五簇拥着,为她拌嘴打架。多毛的大手探入领口,东一抓,西一捏。一个黏糊糊的夏夜,她被醉酒的西班牙海员,掐死在安乐宫门口的鹅卵石路上。前襟被撕脱,文胸被扯掉,两只乳房从身体两侧挂下来。硕大的乳头、黑褐的乳晕,使她看起来像一位母亲。

小妹比大姐年轻十五岁,身体尚未长开,装扮却往老熟里走。满头发卷如弹簧钢丝,眼眶勾得墨里擦黑。她姘了个黄包车夫,租住在杨树浦的广式房子里。车夫借了老乡的私人包车牌照,让她扮作大家闺秀,每个下午拉她到"上只角"揽生意。姐妹们劝她:"日做夜做,身体吃不消的,男人就想榨干你。"小妹道:"你们不要瞎讲,是我自己想做的。"

未几,小妹开始长杨梅疮。她在热水里撒盐,洗两条烂腿,被情夫发现,挨了一顿打,"还想瞒牢我,当我是瘟生阿木林,让我鼻头也烂掉是吧。"卷了她的钱,跑了。小妹搬来与姐姐们住。朱三与二姐凑钱,让她打六〇六[①]针,还讨了土方,取大蜈蚣、双花、生大黄,清水煎成药。一边吃药打针,一边仍被逼着接客。

朱三安慰道:"'中状元'的多了去,都会好的。"

小妹默然一晌,道:"小时候家里养了只猫,跟我最亲。我十二岁那年,猫突然跑了,找也找不到。我差点眼睛哭瞎掉。

---

[①] 即洒尔佛散(德语:Salvarsan)。也称作砷凡纳明或胂凡纳明(英语:Arsphenamine)或606,是第一种有效治疗梅毒的有机砷化合物,又用于治疗昏睡病,还是第一种现代化疗药物,1910年代初投入应用。

后来听人讲，老猫都这样，知道自己快死了，就到没人的地方，安安静静去死。"

"不讲闲话，多休息，不是啥大事体。"

"人人看轻我。爹妈把我当畜生养，哥哥姐姐讨厌我，邻居都要踏我一脚。他是欢喜我的，但更欢喜钱。谁不欢喜钱呢，不能怪他。我就望到死掉的那天，能够有点人样子。"

打过七八针六〇六，吃过十几副大蜈蚣，杨梅疮还是开到脸上。一个半夜，趁姐姐们外出工作，小妹不告而别。在二姐床头留了两双玻璃丝袜、一对玻璃耳坠。给朱三枕边留了一罐旁氏白玉霜、一双羊猄皮浅口高跟鞋。还在桌上压一张表芯纸，纸上用口红画了两个圆两块方。小妹不会写字，朱三和二姐不会识字。猜了一晌，估摸小妹的意思是，走了两个，剩了两个。

自此，朱三和二姐依傍度日。二姐常去华都舞厅伴唱。她歌声走得高，高了又高，还稳稳扬上几旋。白滚滚的手臂往斜兜里一甩，满身假珠宝丁零当啷响。大家称她"小白虹"，说她唱的《郎是春日风》，比白虹本人还好。她时或拉了朱三一道，合唱《人海飘航》。满池子男女随了歌声，摇摇摆摆探戈起来。

工作罢，回住处。卸妆，脱衣。她们睡一铺，搂得紧紧的，生怕对方跑掉似的。二姐将朱三的脸，贴到自己胸前，在她额上一舔一舔，渐渐舔至面颊，"三丫头，你发誓，这辈子不离开我，否则不得好死。不，不，"顿了顿，"如果你离开我，就让你一直活下去，想死也死不掉。"

在 街 上

## 三

朱三初遇张阿贵,是在二十四岁上。他是她的客人。他跟选牲口似的,检查眼睛嘴巴。捏住她的手,正反地看。将她领入房来,命她脱掉旗袍,观察腋窝、手肘和后背。又反复摁她下腹,问痛不痛。

张阿贵是老手,懂得在花烟间里挑干净货。朱三是干净的,面皮略黄,身体却白到发青。静脉血管犹如花纹,透出皮肤来。他揸了两只手,往回摩挲,"这身皮肉咋长的呀,简直像只燕皮馄饨。"

张阿贵生于广东,独自来上海,开个"打挣馆",给外国人修轮船。他是嫖油了的人,迟迟不肯成家。有那么一阵,天天跑来找朱三,揉着她,吮着她,似欲把她吃进肚皮。他给她钱,不许她见别的客。仍不放心,赎她出来,在同仁里借了前楼同住。

张阿贵依旧出去嫖,次数却少了。已经包养的女人,何不用足呢。好比煮了正餐,白白扔掉,又出去花钱吃。张阿贵才不傻。他与朱三厮磨几年,渐有搭伙过日脚的感觉。每日里热汤热饭,养起一身膘。某个春天,他腹泻欲死,以为是"二号病",却慢慢活了回来。自此见老,对朱三有了近乎讨好的依赖。

他对朱三说:"我耕你这块地,耕了多少年,也耕不出个名堂。你的'红木家生'坏掉了吧,索性领个儿子去。"他剪了立式板寸，穿上机织布长衫，携朱三至新普育堂。

张阿贵在两排孤儿间踱走，逐个查看头发牙齿。朱三跟紧他，忽觉旗袍被扯住。是个五六岁大的女孩。朱三道："要不收两个吧，一男一女，也好有个伴。"张阿贵道："这女仔年纪大了点。""大一点懂事，能够相帮照顾弟弟。"于是，他们收养了五岁的张桂芳，三岁的张桂强。

张桂芳称养父"阿爸"，唤养母"朱三小姐"。朱三打过几次，便由她去。一日拌嘴，张阿贵责备朱三，跟隔壁苏北赤佬闲话忒多。朱三讥诮张阿贵，欢喜吃醋还抠门，"广东瘪三，抠是抠得来，巴不得屁眼里抠出三块洋钿。"张阿贵笑了，"我要是不抠，就砸钱找书寓先生了，还嫖你这种马路上的咸水妹。"张桂芳听在耳中，不觉就懂了，向弟弟解释："咸水妹是跟外国男人困觉的女人。"

人人都说张桂芳聪明，简直像是张阿贵亲生。张阿贵自学识字和打算盘，还订了两份报。张桂芳六岁起，拿了报纸，楼上楼下地问，学得二三十个字。张阿贵欲送她上学。朱三小姐道："女小囡读啥书。"吵一架。逾数月，张阿贵将养女送至私立小学。

几年后，张阿贵投资赌场亏了本。朱三帮他去讨债。赌场在永安公司七重天楼上，讨债队伍一径排过南京路。轮到朱三，天色已然昏昧，对方将空了的钱袋一抖，让她下个月来。

旬余，张阿贵僵着脸回家，"赌场大老板逃去香港了。"他怪朱三不得力。朱三哭闹一场，变卖家具，收拾细软，在祥元里寻了个三层阁，举家搬走。还是被人找到，讨债的，讨工资的，乱纷纷上门。朱三出去做保姆，帮双职工倒马桶，给小脚老太挑井水。寻不到生活了，捡菜皮，拾垃圾，剥死人衣裳，常被"三道头"举着警棍追打。

张家已没钱囤米。逢到开火仓，朱三让张桂芳揣个小淘箩，出去现买两升米。张阿贵边吃饭，边喝酒，两截细伶伶的小腿，塞在八仙桌牙板空档里，打着嗝道："你是老太婆了，否则回酒吧做做，也算一个办法，"又道，"都怪你，本来单身挺好的，现在养一大家子累赘。"

一日，张阿贵给养女塞了块梨膏糖，走出弄堂，再没回来。有说他外逃躲债，有说是被人做掉了。朱三小姐不敢报警，坐在床边哭。张桂强跟着哭，哭得气喘吁吁，又噎又呛。朱三抹一把眼睛，呵斥道："哭啥哭，有你哭的辰光。做人就是吃苦头，这苦头，那苦头，死死掉最太平。"

到了夜里厢，朱三唤起张桂芳，让她跟个"阿二头"走。张桂芳问："你把我卖去朱葆三路吗？"朱三捆她一掌。翌日，阿二头领回张桂芳，"本想教她做熟工序，混过拿摩温。她倒好，站在流水线上打瞌睡，头发差点轧到机器里。"

朱三打她一顿，又花钱托人，塞她进厂。磨螺丝钉，当缲丝工，一趟趟被辞退。朱三流泪道："桂芳，你做啥不跟我一条心。你爸跑了，你弟读书，三张嘴巴等吃饭。你也是大人了，要给家里撑着点。"张桂芳这才把上班当桩事。她被介绍到烟厂，负责把蒸熟的烟叶抽掉老茎。每天拉了满手泡回家。朱三小姐帮她逐个挑破,将流脓的双手,浸在明矾水里,"桂芳辛苦了。"张桂芳道:"在酒吧里做,轻松很多吧。"朱三小姐啐一口,拍开她。张桂芳捞起双手,在衣衩上擦干。她像个谙熟世事的成年人那样,眨了眨眼睛。

## 四

张桂强终于长大,头发微卷,眼窝深凹,像个西洋混血儿。他在太古码头当记录员,被照相馆老板的大小姐相中,做起倒插门女婿来。岳父要求他更换姓氏,改作王桂强。王桂强对张桂芳说:"王家是体面人,两个老的本就看我不上,要是晓得了朱三小姐,肯定赶我跑。"他让人抬来十数袋暹罗米,自此不走动。

朱三哭了几回,道:"我要去问问王家,他们宝贝女婿的良心,是被狗吃掉了吗。"张桂芳道:"你真心为他好,就别为难他。哪能办呢,各人各难处,就当没他这人吧。"朱三道:"你帮'白眼狼'说话,是为自己寻后路吗。放心好了,你这辈子跑不出我手心。"

是年,物价飞涨,物资奇缺,烟厂一夜关门。张桂芳满街乱走,寻点零碎生活。替有钱人家喂狗,帮纺织女工带孩子。纺织女工告诉她,中纺一厂在招养成工。张桂芳回家说与朱三,朱三怂恿她去。张桂芳说:"我都二十二了。""你身子骨没长开,看着就像十三四岁,去吧,试试看,又不吃亏。"张桂芳去了。负责招工的拿摩温,搦了细竹竿,往她头顶心一比,考几个问题,见她识过字,便录取下来。

张桂芳被分到细纱间,做挡车工。工友以工号互称。有个"60号"与她相善,将自家二哥介绍给她。一来二往,朱三觉察了,摸到60号家闹一场,"别看桂芳长得小样,都快三十了,身体瘦怵怵的,怕是以后不能生。"

男友分了手,张桂芳大病。朱三喂粥喂汤,半夜扶她溲溺,替她清洗血短裤,"老话里讲,多年母女成姐妹。我们娘俩,你照顾我,我照顾你,一辈子就过掉了。要男人做啥,想想你爸,你哥,哪个靠得牢。"张桂芳讷然。

少后,邻里渐有闲话。朱三不觉。一日去小菜场,买落市菜,碰着个街坊,打了招呼,往那人篮头里翻翻,"今朝买啥呀。"那人不吱声,将朱三碰过的番茄扔回摊头上。朱三怄了一肚皮气,别转屁股走。到家越想越恨,去门口候着,追问道:"你是啥意思,嫌鄙我吗。"那人道:"朱葆三路的拉三,弹开,不要带坏小囡。"旁边蹲了两个淘米女人,淌湿着手,互相咬了耳朵,扭转目光,上下刷看朱三。

朱三跑回家,裹了被头,斜在床上。不知多久,听得脚步声吱吱嘎嘎上来,便道:"你在外头瞎讲啥了。"

张桂芳关了门,往八仙桌上一觑:"咦,没烧饭啊,饿死我了。"

"问你呢。"

张桂芳揭开饭焐子,张一张,"我讲啥啦,我能讲啥啦。"

"你心里头恨透我了,在外头瞎讲,想让人家瞧不起我。"

"我做啥要恨你,"张桂芳笑起来,"你那点龌龊事,有啥好讲。大概是老早的客人从朱葆三路寻来了。啊呀呀,做也做过,总要被人晓得的。"

朱三一掌搡去,指甲刮到张桂芳的脸。张桂芳搡开她。她趔趄后退,膝盖窝弹到床沿,揸开两手,反冲过来。张桂芳抬了胳膊,护住面孔,另一手去拧朱三。朱三低下肩胛,顶撞她的胸脯。张桂芳顺势揪她头发。朱三反捽她头发。俩人互相抓着,叫着,兜兜转。五斗橱、八仙桌、马桶、木椅,乒乓乱响。一只瓷面钟哗嗒落地。朱三"噢呦"一声。俩人同时松手,去看那钟。朱三说:"钟罩子碎了。"张桂芳说:"还在走。"收拾了残片,将钟放回五斗橱上。各自整理头发,凑着脑袋,看一晌。张桂芳道:"时间还是准的。"朱三道:"你爸当年买的英国货,贵得要死。那个辰光,以为一辈子会有好日脚过呢。"

此后,朱三碰到邻居,便拉住诉苦,"桂芳脑子坏掉了,乱话三千,没一句真的。"众人绕开她走。朱三对张桂芳道:"到底是我养大你,没有功劳,也有苦劳。你在外面败坏我,害得大家不睬我,对得起良心吗。快点跟人家把话讲回来。"张桂芳道:"我真没讲过你坏话。要是讲了,让我明朝出门,被小汽车撞死。"

大半年后,张桂芳死了。不是被车撞死,是去外滩"轧金

在 街 上

子"，被人踩死的。时值年底，人人都传，黄金将要撤出上海。张桂芳在存兑申请期的前日，便去中央银行排队。

临出门，朱三道："好像要落雨，带把伞去。"

张桂芳道："水壶、军毯、罗宋面包，塞得潽潽满，我有三只手吗。"

朱三捏她一把，"衣服够吗。"

"棉袄忒厚，汗都捂出来了。"

"要在外头过一夜，撑得牢吗，我心里跳。"

"啊呀，又不是我一个，同事家家都去的。不去哪能办，金圆券砸在手里厢，揩屁股也不好用，刮得屁眼剌剌叫痛。"

朱三听了张桂芳下楼。想象她行起路来，身体往前扎，仿佛用脑袋顶开暮色。微带罗圈的双腿，一走一踢，步子琐碎。朱三笑了，旋即怅然。张桂芳啊，若是亲生的就好了。

夜间七八时，头顶开始噼啪响。雨滴弹击老虎窗玻璃，由疏至密。朱三闭门枯坐，听得厌气，早早上了床。她一夜乱梦。梦见从死人堆里爬起来，梦见父亲用火钳烫她腿臂，梦见走在蕃瓜弄，穿过空了的滚地龙，倏然窜出个男人，将她摁倒在垃圾堆旁。她坐醒起来，"不好了"，捂住胸脯，喘息不已。

空气潮冷，沤着阴沟洞气味。公鸡开始打鸣。哐啷啷一阵铜铃响，粪车压着弹格路面而过。"倒马桶喽，马桶拎出来喽。"楼下喧起来，乱纷纷说话，啪啦啦走动。"沪生阿爸，调黄金去。""调的人多吧。""昨日夜里厢，阿二头去了，他媳妇轧得昏头昏脑，回来跟我家子婆讲，外滩要轧坍掉了。""我今朝还要上班。""上啥班啦,赚了一袋废纸头回来,不够糊墙壁。"

朱三懊悔让张桂芳去。风吹得倒的小女人,哪能轧得过爷老头子们。朱三早饭没吃,中午蒸了四只馒头,暖在饭焐子里。待到傍晚,热一热,吃一个,其余放进碗橱。

亭子间有人回来,说外滩人轧人,轧死人,骑马警察来了,救护车也来了。朱三下去问:"看到桂芳没有。"

"介许多人,哪能看得到。"

"桂芳还没回来。"

"那你等一等,总归会回来的。"

"她啥辰光回来。"

"呀,你问我,我问啥人去。饿了一夜天,刚刚端起饭碗头,你就来问东问西。"

朱三讪讪回屋,靠在床头,不觉睡着。半夜里肚皮乱响,又起来,吃一个馒头。馒头冻僵了,入得腹中,又涩又胀,还有一股子腥腻,那是眼泪水的味道。面颊、下巴、手指头,都湿乎乎的。朱三里外冷了个透,缩在薄被头里,熬过下半夜。

要到一周后,才有人通知认尸。面目淤肿的张桂芳,已经不像张桂芳。斜咧的嘴巴里,碎了三颗门牙,舌头往前抵,一副有苦再也说不出的模样。朱三晃一眼,软在地上,出不得声。

大家都说朱三家不走运。"一两黄金七条命",全上海死掉七个,偏就摊上一个。朱三坐在楼门口哭,"活来活去,活了一场空,以后靠啥人去呀,死了也没人相帮买棺材板。"听得人人皱眉头,"哭一哭就好了,还哭出瘾头了。""今朝哭了明朝哭,魂灵头都被她哭掉。""年轻辰光做坏事体,老天爷报应。"楼里出了两个男人,一人拽一臂,将她拽上楼,推入三层阁,掩起门来。

朱三哭不动了,剪下吊灯尼龙开关绳,兜在脖颈里,抬头寻了个遍,没地方挂。又拿起剪刀,比一比手腕,扔开。寻死是最难的。早年在朱葆三路,她曾将鸦片混了烧酒吞下。死过半日,又在医院活回来。二姐道:"阎罗王嫌鄙你了,弗肯收你。"于是只好活下去。

过了小半月,朱三心思略定,想起还有个儿子。她理了头发,换了衣服,别一扇栀子花。自觉体面了,找上门去。王家在南昌路,住西班牙式洋房。反复敲门,无人应答。她沿了砖雕围墙,走到前门。出来个老头,说:"王家刚刚卖脱洋楼,搬了走了。""搬到哪里去,生意有难处吗。"她插入半个身子,见内有二道门,紫藤棚下停了松花绿的皮尔卡轿车。"那是王家的车吗,我是亲家婆,放我进去。"老头不允,两厢推搡。

看热闹的围拢来,"阿婆,王家当真跑路啦。悄悄叫跑的,洋房一夜空掉。""我不信,跑到哪里去。"口舌乱起来,有说跑去香港,有说跑去阿美利加。朱三问:"阿美利加是啥物什。""喏喏,一个老远老远的国家,跟月宫一样远。"

很快,祥元里人人皆知,朱三找过儿子了。有说王家给了她许多"小黄鱼"①。也有说:"不可能,真有'小黄鱼',就顶一间洋房住住,窝在这里做啥。""不管有没有'小黄鱼',亲家婆找上门,多少会给的。""就是,你看她的旗袍,是丝缎的。""那不是新做的,老早就见她穿。""王家是大户,再哪能抠门,手指头缝里漏一点,就够她吃十年八年。"

一夜,有人赤了脚,摸上楼梯,拨开榆木门板上的弹子锁。三层阁内有呜咽声。不是呜咽,是朱三打着不安稳的鼾。月光透下老虎窗,笼着满屋白纸白花,亮晃晃扎眼。张桂芳的黑白照片立在五斗橱上。她嘴巴在笑,上唇微微扯起,露出完好的门牙。目光却没有笑,两只大小参差的眼睛,乜斜着闯入者,看他逐一打开抽屉。

"啥人啊,桂芳!"朱三惊觉。那人往床上一扑,捂住她的嘴,"金条呢,金条在哪里。"朱三举臂,那人压住她手臂。朱三踢脚,那人压住她脚。皮肉触碰,那人喘起来,捏着揉着,把被子蹭下床,弓身半跪,两只膝盖顶开她的腿。"老吃老做的老太婆,看你再装腔,杀了你。"那人掐她脖颈,掐得她牙齿直咬舌头。她不动了,眼皮半阖,四肢松塌,仿佛一块任由吞食的隔夜肉。

---

① 中华民国中央银行用作储备金的金条,即俗称的"大、小黄鱼"。小黄鱼指1市两金条。

## 五

没人说得清,朱三是何时疯掉的。她拎着竹篮头满街走,痴笑,自语,逗弄孩子。好心人搬了太师椅,为她放在街角。她坐上去,眼睛定快快的,仿佛一个面色疲惫的正常人。于是有说她装疯,"脑子拎得煞煞清,解放军一来,马上脱了旗袍,乖乖叫换上对襟袄。"

世道无常。忽而抓反革命,忽而斗资产阶级,忽而揪右派。有积极分子想起朱三了,说她和外国人困觉,还有个儿子潜逃出国。居委会找了她去,七八个人,研诘半日。她只反复道:"桂芳回来了吗,桂芳呢,桂芳在哪里。"嗯嗯啊啊笑。

最后是治保主任给了话:"你们争来争去,争不出个重点。敌我矛盾,人民内部矛盾,分得清爽吧。上次写反标的,重点批一批,还有换邮票的国民党特务,务必让他老实交代。这只老太婆,旧社会受外国人剥削,现在年纪大了,没亲没眷,脑子也不正常。把她搞死了,会得触霉头吧。"

朱三约莫六十多岁,看着有七十出头。一年一年,老得飞快,展眼便是八十又几。她记性变差,搞不清自己年龄。只记得属牛,从小被骂"戆牛"。老来更像牛了,慢吞吞,木呆呆。两只膝馒头胀似铁块,走路直着腿,脚下不停打绊。

她牙齿又细又长,渐有摇落。吃东西时,嘴巴犹如磨盘,一磨,一瘪,又一磨。她吃得进,拉不出,早晚蹲在马桶上,揉着胀气的肚皮,哼哼唧唧。睡眠也不好。每日困得坐不稳了,才敢躺倒。

杨木棕绷床的顶头上,老虎窗碎了玻璃,兜起一块油布。油布哗啦啦颤动,将夜风刮送到她身上。她皮肤愈发干痒,留着十道指甲,挠得浑身一条条红,皮屑跟落雪似的。终于浅浅睡去,却不停被自己的放屁声惊醒。

睡觉辛苦,醒来更辛苦。她衣服穿到发馊,才洗上一洗。没力气拧干,滴里嗒啦晒几天。漂不干净的固本肥皂,在衣褶子里重新结块。她拎着马桶上下楼,越来越花时间。一次力有不逮,泼翻马桶,自此改用痰盂罐。搪瓷罐口箍得屁股痛,大腿麻,站不起身。便在街上捡一只塑料瓶,裁开,悬在床边做夜壶。又拾来废报纸,裹了粪团,一团团扔进竹篮头,塞在床底下。

吃饭更是个负累。她焖一大锅饭,用开水泡了,就着榨菜连日吃。嘴巴越寡淡,榨菜越吃多。时时口渴,时时憋尿,一憋不住,就弄湿裤子。于是翻出多年不用的月经带,叠几层草纸,垫在裤裆里。

吃喝罢,劳作罢,便要出个门,晒掉身上霉气。朱三坐在街角太师椅里,看着什么,又像什么都没看。身旁老虎灶的热气,腾腾熏蚀眼睛。她眼底挂了大眼袋,上眼皮皱似胡桃壳。一对浑浊的眼乌珠,仿佛焦距不准的镜头,望向这个世界。

朱三留意到,满街灰蓝色人影,争相妆红着绿起来。她知道世道已变,便从樟木箱底取出旗袍,补褪了,重新穿上。为遮掩臊味,她开始喷花露水,又用珍珠粉兑水,涂抹脸皮。她照照圆面镜,下楼出门。入暮回家,再照一照。直至脱袜上床,面孔依旧带着粉。很多人是在睡梦中死掉的。朱三害怕随时会死。死的时候,模样总要过得去。她无儿无女,没人会来整理遗容。

然而,朱三还是醒了。被屁声惊醒,被浓痰哽醒,抑或是殷勤的日头,从老虎窗上晃醒她。她睁开眼,知道又活过一日一夜。吃掉三顿泡饭,喝完两杯开水,排出半罐屎尿,落下一把头发,用了五张草纸,耗费四盆自来水。当她再次起床,身上的皮肉,又比前日松败了一点点。

亭子间阿姨的小外孙,每见朱三出来,便"长三堂子、朱葆三路"乱喊。朱三四顾无人,近前拧他耳朵,"小赤佬,拎不清,真以为我疯掉吗。我是有海外关系的人,儿子在美国发大财,到辰光回来接我走。你表现好点,我送你一只金镯头白相相。"

这话传开,众人讶然,朱三果真在装疯。她像只精刮的老乌龟,看看苗头不对,脖颈一缩,躲进保命壳子里。不够精刮的家伙,统统倒了霉。比如那个卖邮票的。他根本不是特务,他只是喜欢集邮。谁在乎呢,死都死了,平反又能怎样。批斗他们的治保主任也死了。那是在十二年后,他鲠了一根鲫鱼刺,喉头水肿,窒息而亡。

朱三为他焚香,合手拜几拜,"主任,谢谢你,再会。"回想当年,真叫惊险。有个姓王的女人,一意跟朱三过不去,说她里通外国。治保主任道:"她跟我妈差不多老,一只脚踏进棺材的人,能做多大个坏事体。"朱三认得主任他妈,斜白眼的宁波老太,年前刚刚病逝。或因一点残余的悲恸,主任保下朱三。姓王的兀自不满,见了朱三,总要哐一声。七八年后,她中风在床。朱三特地去看望,倚床坐一晌,啥都没说,笑着出来。不久,那女人褥疮感染而亡。

最让朱三高兴的,还是楼下"四眼"的死讯。他是祥元里第一个穿军便服的。花了五分洋钿,买一片染色剂,将旧衣煮成黄绿色。又用五粒"八一"军扣,替掉木纽扣。贼忒嘻嘻的小瘪三,穿上假军装,腰也挺了,步子也迈大了,正经得像个革命军人。

只有朱三知道,他曾夜半潜入三层阁。偷金条不成,掐得她半死。还褪去她的裤子,五指插入她腿间。她喊痛,他便咬她,呸呸吐唾沫,生怕脏了嘴似的。直至她流血不止,他才罢手:"啃不动的老野鸡,哪能不去死。"

朱三在纸上画一副眼镜,每日用缝衣针戳刺,"老天长眼,恶人有恶报。"岂料四眼越活越抖擞。世道松动后,他家儿子做生意,炒股票,发了不得了的财,接他去住大房子。他时常回来,说是探望老邻居,炫耀他的手表和皮鞋。朱三气到呕吐,想去揭发,犹豫良久,作罢。她活得太久,见得太多,晓得世道会变过来,也会变过去。谁能说准明朝的风向呢。

好在阎王爷出手,帮她报了仇。一日,她孵在太师椅上,被日头晒得打瞌睡。忽被鞭炮惊醒,见大队男女,堵着马路,慢慢压过来。七八个灰衣道士,吹打念唱,像在拍电视剧。香烛师蹿来钻去，麻雷子、二踢脚、大地红，爆响不绝。两个哭丧的女人，一扑一嚎，此起彼伏，时或翻白了眼，身子斜斜一软，仿佛昏厥过去。旁人赶忙扶住。在她们身后，是二十来个黑衣黑裤的老小，别着白头花，捧着半人高的遗像。

　　街边堆起了人，议论纷纷。朱三挤不进，趴在肩膀缝里听。有说死者得的脑梗，有说是脑癌。有说这家人早已搬走，回来大做排场，是要存心显摆。朱三使力问道："死的是啥人呀。"旁人俯到她耳中喊："隔壁弄堂的四眼，记得吧，穿绿军装那个。"朱三噎住似的，捂了嘴，挪开两步，放手笑起来。怕被人注意，边笑边往家走。

　　到得三层阁，躺在眠床上。狂喜挟裹了悲伤，将她整个掏空。她涕泪满面，浑身抽搐，几欲虚脱。亲人死了，恩人死了，仇人也死了。她第一次发现，自己活得太长。她想起二姐的诅咒：如果你离开我，就让你一直活下去，想死也死不掉。朱三确实离开了她，可她说话未免忒毒。想死也死不掉，是个啥感觉。

　　日子一天一天，没完没了。朱三的皮肤愈益松垮，似要从骨架子上脱落。骨架子更是不像样，骨节凸棱棱的，眼窝和颧骨却深凹下去。白发过于稀薄，没法用头绳扎紧，这里那里地漏出来，犹如被踩扁的枯草，风一刮，满脑袋乱飞。

　　她在床上铺了寿被，置了寿枕。购一套"三领二腰"的红寿衣，穿在棉袄里头。她买来锡箔纸，为自己做元宝。银光惨惨的锡箔元宝，堆满床头、桌面、抽屉、地板。又在地板上层层叠高,淹没她的腿。她睡在元宝里,立在元宝里,趟走在元宝里。整座三层阁,仿佛一洞银色的圹穴。

阳光大好时,她会爬出来,在太师椅上坐一坐。椅子漆色剥落,骨架松动。曾经上好的花梨木,变作废柴堆似的。它被扔在街边凹角里,日头晒着,雨水淋着,白蚁噬着。没有旁人动它。它阴沉沉的,仿佛一件死物。

朱三攀着椅子,拐杖搭在扶手边。她身形缩得太小,双脚已经够不到地。她喘了气,挪了屁股,要将后腰贴到靠背板上。臀骨尖锐,磨蹭椅面,感觉不到痛。听力也消失了。上眼皮耷拉至眼窝,遮住她久患白内障的眼珠。

有个头发花白的胖子走近来,"喂,朱三小姐,认得我吗。"朱三没有反应。胖子头颈抽动,喷出一嘴的嗝,混了红星二锅头和隔夜呕吐物的沤臊气。油津津的腮帮肉一抖,跌坐在朱三脚边。

"在我小辰光,你来学堂门口,我还朝你扔过石头呢。那时六七岁,不大懂事体,听别人讲你,就跟了后头骂。你记得吧,没生气吧。你唱歌老好听的,是叫什么歌名呀。"他扯扯朱三的旗袍。朱三若有所感,眼皮一眯,脑袋缓慢挪动。

胖子开始诉说人生,痛风、高血压、肝硬化、离婚、丧母、下岗、股票亏本、银行欠债。说到天色微淡,暮风撩面,半醒不醒,"算了,疯老太婆,不跟你多讲。我就是想不落,你哪能要活这么久。活着有啥意思呢。"他撑了几撑,摇晃着起来,从裤兜里掏一把钞票,"喂,喂,给你,买点老酒吃吃。"等了等，把钞票甩在地上，走出一段，回头看。钞票扑着跳着四散开。两个行人弯腰追捡。朱三小姐没有动。她坐在她的椅子上。她已经坐了百多年，仍将继续坐下去。

任晓雯，著有《好人宋没用》《浮生二十一章》《她们》《阳台上》《岛上》《生活，如此而已》《飞毯》等。作品被译为瑞典文、英文、意大利文、法文、俄文等。曾获得茅盾文学新人奖、《南方人物周刊》青年力量奖、百花文学奖、十月文学奖、华语青年作家奖、《中篇小说选刊》优秀中篇小说奖、华文好书奖等。

# 鲨 鱼

马 拉

　　海面上堆积着好看的云层，阳光从云缝里透出来，平铺在海面上。海面闪闪发光。有的渔船作业完毕，正返回港口。海水一浪一浪拍打着防波堤，四五个孩子在防波堤上追逐打闹，两个男人站在那里钓鱼。似乎一整个下午，他们都在那里钓鱼，偶尔会抽根烟。我坐在半山的院子里喝酒。冰箱里装满了从超市小卖部买的德国黑啤。平时，我不大喜欢德国黑啤，浓重的麦芽味总让人觉得那是外国人喝的东西。那天上午，从渡船上下来，在超市货架前站了一会儿，我决定还是买德国黑啤。我们来度假，这和平时不一样。一个下午，我喝了三罐。每次都进房间拿，阳光太猛烈了。即使在阴凉处，冰啤酒很快也热了。

院子里有一条小路，沿着小路走下去，通往一片小小的沙滩，沙滩上凌乱堆着几块大大小小的石头。沿路满是低矮的灌木层，还有长着巨大叶片的植物，有点像芭蕉，我叫不出它的名字。身边似乎总有松木的香味，和宋励贞沐浴后散发出来的味道一样。四周并没有松树，风从远处送过来的还有海腥味，和松木味夹杂在一起，让人想睡过去。中午到达酒店，放下行李，我想睡一会儿，宋励贞洗了脸，拿了一罐可乐坐在遮阳伞下。她不想睡觉。去游泳又太早，她还不饿。

有一段时间，宋励贞坐在椅子上，像是睡着了。她戴着墨镜，望着海面，整个身子凝在那里。我们很久没有一起旅行了。上次旅行，还是我们认识三个月后。像别的情侣一样，此前，我们做完了该做的准备。吃饭看电影，和朋友们一起唱歌喝酒到深夜，期待中发生的还没有发生，我有点着急，总以为自己做错了什么，或者有别的什么问题。宋励贞租了一间小小的公寓，大约二十个平方。我也租了一个。我去过宋励贞的公寓，那是在白天。到了晚饭时间，她邀请我一起外出晚餐。我想叫外卖，她说，还是算了，外卖有什么好吃的，总不如餐厅的新鲜。你不知道，有些外卖看着光鲜，其实不知道多恶心。我再坚持叫外卖，就像耍赖皮了，那更没意思了。楼道灯亮得像是白天，让我想念昏暗的楼道。就像大学刚毕业那两年，我总是在黑漆漆的楼道里牵着女孩子的手。那段黑暗，像是通往幸福的秘密隧道。没有方向，却让人坚信很快会站在明亮的阳光下。一出公寓，转过一个拐角，便是电梯。公寓干净、整洁，一尘不染，像宋励贞上班穿的制服,每个细节都一丝不苟。我邀请过宋励贞去我的公寓,她笑了笑。那次旅行像一个仪式。旅行回来,过了一个礼拜,宋励贞让我把租的公寓退掉。两个行李箱,把我塞进了宋励贞的生活。前几天,宋励贞突然问我,我们有多久没有出门旅行了?如果不算上一次,我们从未一起出门旅行。宋励贞说,这个周末,我们出去逛逛吧。我们选择了附近的海岛。两天时间,我们去不了太远的地方,只能在外面住上一晚。在这个不大的沿海城市,海域广阔,据说有大大小小三百多个岛屿。岛虽多,住人的少,有些岛只有渔民偶尔停靠一下,要不就是军人驻扎在上面。游客常去的岛屿不过十来个,有两个开发得过分了,岛上密密麻麻全是酒店。从公寓到码头只有三十分钟的车程,很快到了。码头上到处都是人,车子密密麻麻,泛黄的海水卷着泡沫涌上沙滩,坐轮船到我们要去的海岛需要两个半小时,不远也不算近,足够让海水清洁起来。那是一个很小的小岛,只有渔民呆在上面,大约是嫌远,又觉得小,开发商还没有进入。据去过的人讲,那里有美丽的星空。退潮时,海边的岩石上爬满了海胆。在一起快两年,宋励贞和我说起过好几次。因为忙,各种杂乱的事情,我们计划了几次,一直没有成行。碰巧那个周末,我们两个都闲着,宋励贞说,再不出门转转,我要闷死了。她查了船票,又订了岛上的住宿。正是旅游旺季,普通的民宿都订完了,只剩下半山的别墅。看了看价格,宋励贞说,太贵了,一个晚上差不多要两千。我们还是订了。别墅带着隐约的霉味,房间格局还不错,茶几上摆了两盘水果，一盘葡萄，另一盘莲雾。整栋别墅有六个房间，似乎只有我们这一个房间有人入住，也许别的客人还没有来。到岛上的船每天两班，我们坐的是早班船。我们稍微收拾了一下，坐到了院子里。我喝了口啤酒对宋励贞说，睡着了？宋励贞扭过头说，没有。想什么呢？也没想什么，发发呆。宋励贞摘下墨镜，理了理头发说，水真蓝。远离了海岸，这里的海水蓝得一望无际。

等到天快黑了，宋励贞喝完了可乐，她站起来伸了个懒腰，在院子里走了两圈说，这整栋别墅会不会只有我们两个人？我朝里面看了一眼说，估计没人来了，晚班船都到了。宋励贞说，我好像很久没有出来度假了。我说，快两年了。宋励贞说，这么坐一个下午真好。我说，你想什么了，好像有心事。宋励贞说，什么都没想，看着海水像睡着了一样。宋励贞看了看茶几上的空罐子说，你倒挺有兴致的，一个人也能喝几罐。我捏了捏罐身说，如果不喝一会儿就晒热了，冰箱里怕是又得添啤酒了。宋励贞双手叉在腰上扭了扭说，我有点饿了。我们沿着进来的路下山，这是一条相对宽阔的大路，车能开上来。从入住的别墅到海边的摊档步行的话也只要十几分钟，海岛太小了。下山的路旁种了高大的棕榈树，路灯高瘦，发出萤火虫似的光，树上枝叶的影子落在地上，细碎地摇动。宋励贞挽着我的胳膊，风吹过来，宋励贞往我怀里靠了靠，像是冷。沿路多是五六层的楼房，砖混结构，建得粗糙笨拙，没有任何设计感可言。有的外墙画了涂鸦，多半都是时尚的卡通形象，戴着墨镜的傻小子冲我们伸出中指,咧着大嘴,满是方块状的牙齿。以前这儿是个渔村,这几年来旅行的人多了,岛上的渔民纷纷盖起了房子,一层自己住,其他的一到旺季租给外来的游客。中午过来时,我们还看到地上铺着一饼饼紫菜,渔民戴着帽子,脸上留着海风和阳光洗刷过的红黑。经过一个小小的运动场,再转一个弯,迎面一排大排档,人声鼎沸。每张桌子前面都坐满了人,正是用餐的高峰期。一群群青年的男女,他们在喝酒,大声说话,桌子上摆满了各色海鲜。还有中年的男人,带着老人孩子,其乐融融的样子。宋励贞说,我们找个安静点的吧。沿着食街走了两个来回,宋励贞放弃了努力,她说,随便找家看上去干净些的好了。我们找了街头的那家,离海滩最远,人相对少一些。老板娘干干净净的,摊子不大,零零散散摆了十几张桌子。由于是在街头,空间宽阔些,桌子之间疏疏朗朗,不像前面的一张桌子挤着另一张,食客后背贴着后背,连走动都困难。我说,就这儿吧。宋励贞看了看四周说,就这儿吧,挺好的。找到位置坐下,老板娘笑眯眯地走过来问,两个人?我点了点头。老板娘说,来度假的吧?我说,谈不上,过个周末。老板娘说,你们两个人,有三个菜够了,想吃点什么?我看了看宋励贞,宋励贞说,你去点吧。随老板娘去了门口的海鲜池,鱼虾蟹在里面轻松愉快地游动。我点了个姜葱炒蟹,这个季节的蟹膏肥肉满,宋励贞喜欢吃蟹。我问老板娘,有什么好推荐的?老板娘说,你们两个人真不好点菜,蒸一个扇贝吧,不占分量。我说,好。老板娘又说,下午刚送来条鲨鱼,要不要试试?我愣了一下，鲨鱼？老板娘笑了起来，小小条的，不大。说完，指着水池说，就那条。我走过去，鲨鱼在水池里游动，大概只有两尺左右，它游泳的姿态优雅动人，看上去非常温顺。我笑了起来说，我们就两个人。老板娘说，不用整条，做例牌就好了。想了想，我说，好的，那就来份鲨鱼。回到座位，宋励贞正在玩手机，见我回来，放下手机问，点了什么？我说，姜葱炒蟹，还有扇贝粉丝。宋励贞说，挺好的。宋励贞咬了下嘴唇，理了理头发，懒洋洋地坐在椅子上，她腰身和大腿的线条柔和流畅。她有着迷人的腰身和小腹。我问宋励贞，你吃过鲨鱼肉吗？宋励贞说，什么？我说，鲨鱼肉。宋励贞说，没有。我说，我也没有。宋励贞说，要不要来份试试？我说，挺想的，就怕没有。宋励贞笑了起来，如果来条鲸鱼就更好了。我们叫了四瓶啤酒，冰凉凉的珠江纯生。我们一起碰了一下杯。天色晚了，即使岛上满是灯光，头顶的星空依然灿烂起来，密密麻麻，做梦一般。来之前，我们在网上看过岛上的星空，银河薄雾一样飘过，像是带着寒意。每次想到银河，我总是觉得冷，没什么原因，也许是因为一个故事。宋励贞说，她想在那样的星空下，躺在沙滩上睡一晚。

　　菜上了桌，宋励贞倒了杯酒。这两年，她喝得少，除开和朋友们一起，她很少举杯。即使举杯也不过是一杯啤酒或者一杯红酒，从头摆到尾。偶尔，我在家里喝酒，她总是拿柠檬水陪我。那也很好，是不是？至少不是一个人在喝，我喜欢碰杯清脆的响声。如果我们结婚，她想早点要个孩子。我们认识之前,宋励贞做销售,那些年她喝酒喝坏了,现在还动不动胃痛。我见过她胃痛的样子,真是可怜,手掌紧紧地压在胸口,整张脸都扭曲了,吃什么吐什么,喝水都吐。她躺在床上,脸色惨白,身体缩得像一只虾米。宋励贞说,再做几年销售,她怕是会死掉。我认识她那会儿,她转到做管理不久,负责公司的人事。收入只有做销售的一半,宋励贞说,赚钱固然重要,命更要紧。有钱没命花,那才是真的悲剧了。回想起以前做销售的经历,宋励贞总是感慨,赚点钱太不容易了,那是拿身体在拼,穷人家出身的孩子,也没什么办法,只能靠自己。她夹了一块蟹,咬了一口放下筷子说,到底还是岛上的蟹新鲜,在家里买的蟹,虽然也是活的,总觉得欠一口味道。喝完一瓶啤酒,宋励贞的脸红了。她一喝酒脸就红,擦过腮红的那种红。和我不一样,绛紫色的枣似的。她说,好久没喝这么多了。我又给宋励贞开了一瓶说,难得出来,喝点,没事的。说完,给宋励贞倒上说,我们很久没一起喝酒了。宋励贞说,这才两年,搞得像老夫老妻似的。我笑了笑,伸手摸了一下她的脸,捏了捏她的下巴。宋励贞扭了下头,摆开我的手说,你规矩点,外面呢。她把杯子举到嘴边,喝了一口,指着盘子问,这是什么鱼?鲨鱼。宋励贞笑了起来,还真是鲨鱼了。我说,我知道你不信。我朝老板娘招了招手说,老板娘,再拿两瓶啤酒。等老板娘走过来,我指着盘子对老板娘说,老板娘,这是什么鱼?老板娘笑了起来,刚刚才点的,这就忘记了?我看着宋励贞说,她不信。老板娘又笑了,海边什么鱼没有,这些年鲨鱼倒真是少见些,捕到的也是小的。等老板娘走了，宋励贞说，还真是鲨鱼。她又夹了一块，咬了一口说，也没什么特别的。我说，很小的鲨鱼，看上去和市场上卖的马鲛差不多大。喝完六瓶啤酒，宋励贞放下杯子说，不喝了，撑得很。

海滩上人影密密麻麻，不远的草地上搭满了帐篷。我们在海边逛了一会儿，宋励贞说，去别的地方逛逛吧，这儿人太多了。海面上还有渔船，灯光时不时扫过海面。绕过海滩，沿着盘山的小路，零零星星有人在散步，海边的礁石上坐着一对对模糊的黑影。走了一会儿，四周静了下来，只剩下海风的声音。走过的人也少，几不可见，似乎所有的人都在海滩上，或者食街上。灯光看起来有点远。宋励贞牵着我的手说，这会儿我有点恋爱的感觉了。我们都不年轻了，宋励贞的眼角已经有了细小的皱纹。每天早晨，她都要在梳妆台前忙碌大半个小时。等她站起来，转过身，我会看到一个青春美少女。她睫毛弯翘，眼睛大大的，嘴唇红润，乳房丰满充满活力。她的手光滑细润，岁月似乎忘记了在上面留下痕迹。第一次见到宋励贞，我简直被她的手迷住了，手指修长柔和，指甲盖上泛着健康的光泽。宋励贞后来问过我，为什么会喜欢她。我说，我一看到那双手，就知道该来的人来了。宋励贞举起手在眼前转了一圈说，我以前想过要学钢琴，我小学的音乐老师说我的手适合弹钢琴。说完，做了一个弹钢琴的动作，我没学过一天钢琴，只在琴行碰过几次琴键。叮咚，叮咚，叮叮咚咚。认识我之前，宋励贞谈过几次恋爱，三次还是五次，我不清楚，也没有问过，零碎听她讲过一些。作为一个二十六的姑娘,长得也还不错,谈过几次恋爱再正常不过了。和宋励贞的恋爱平淡得有些乏味,几次来往,都是成年人了,要发生什么事心知肚明。上次旅行之前,她拒绝和我上床,虽然我一次次流露出想和她上床的意思。她懂,她知道,但她拒绝。我想我们需要一次旅行。国庆长假,我约她一起去四川。如果她拒绝了,我想没有必要再保留她的电话号码了,也不用再约她。对爱情的那些想象,早被现实的大锤砸成了渣子,我们都是懂得进退的成年人。所幸,那次旅行非常愉快,沿途的风景我忘得差不多了。我还记得第二天起床,宋励贞躺在我旁边,头发蓬松地搭在脖子上,她的耳垂上有一颗闪亮的耳钉。她的小肚脐,她平缓结实的小腹,她身上隐秘的香味,都有着感人的气息。坐在大巴上,她的头顶着我的脖子,洗发水的香味一阵阵飘进我的鼻子。宋励贞一路抓住我的手没有松开,像是怕我随时离开一样。旅行回来,我们住到了一起。她当着我的面换衣服,上厕所,洗澡。我买早餐,做饭。我们一起存钱。宋励贞的床比我的柔软舒服,被子干净。床头摆着两只小小的小熊,还有一只每天早上六点半会发出鸟叫声的闹钟。

　　从海边回到半山的别墅,屋子里的灯亮着。我打开房间门,听到楼下的房间传来拉动桌椅的声音。宋励贞洗了个澡,吹干头发对我说,我们去院子里坐会儿吧。冰箱里还有啤酒,我拿了两罐。在院子里坐下,宋励贞把椅子搬到我旁边,手搭在我的腿上。她问我,你还有烟吗?我拿出烟盒,抽了一根给宋励贞点上,我还不知道你抽烟。宋励贞吐了口烟说,很久没抽了,好几年了。我开了罐啤酒问,你还喝吗?宋励贞说,不喝了。她望着海面,月亮升起来了,不大,弯弯的一钩,星星更多了。宋励贞说,来广东几年,还是第一次在岛上过夜。我喝了口酒说,那也挺好。宋励贞弹了弹烟灰说,喝完两罐别喝了,你都喝了一天了。我捏了捏宋励贞的手说,没事。宋励贞说,回去你也把酒戒了,我问过医生,说是最好提前一年半准备。我喝了口酒。在院子里聊了会儿天,别墅里面走出一个男孩,他走到我面前,试探着看了一眼问,你也住在这里?我点了点头。他不自在地点了根烟说,我也住这儿,102的。我说,下午没看到你,还以为就我们两个人住呢。男孩说,我们来得晚,我们到的时候,你们已经出去了。男孩看上去最多二十三四岁,他还染着金黄色的头发,鼻子上打了鼻环。犹豫了一会儿,男孩看着我和宋励贞说,我能求您件事吗?我望了宋励贞一眼说,怎么了?男孩头低了下来说,你们能和我一起去KTV吗?我愣了一下,宋励贞也有点意外。她说,谢谢,不过,真的太晚了。男孩说,我知道这个请求有些唐突,真的,我实在找不到人,要不也不好意思麻烦你。宋励贞说,倒不是麻烦,只是挺意外的。男孩回头看了看房间说,还有我女朋友。宋励贞笑了起来,你们两个去不是挺好的。男孩抽了口烟说,她和我吵架了,哄了她半天,实在想不到什么办法,麻烦你们帮个忙。宋励贞说,哦,这样。男孩说,这是我们最后一次一起旅行了。

宋励贞从别墅出来时,身后跟着一个漂亮女孩。看上去最多二十出头,脸上干干净净的。刚才还哭过,眼睛有点肿。她应该还在念书。见她们出来,我和男孩都松了口气。山路更暗了,宋励贞和女孩走在前面,小声地说着什么,手搭在女孩肩上,不时摸一下她的头。男孩和我走在后面,什么话都没有说。岛上只有屈指可数的几家KTV,集中在食街背后的那条街上,白天门口摆满各种用贝壳做成的小饰物,还有海螺壳和其他一些纪念品。到了晚上,后面的房子亮起了霓虹灯,变成一间间的KTV。正是旅游旺季,又是周末,我们找了好久才找到一间空房。一路上,女孩子都在擦眼泪。和宋励贞比起来,她太年轻了。进了房间,男孩叫了两打啤酒。开了一瓶递到我面前说,谢谢,麻烦你了。我拿着杯子犹豫了一下,看了看宋励贞。宋励贞朝我抛了个眼色,我倒了一杯。女孩平静了一些,她和宋励贞靠在沙发上小声地聊天。点了歌,我和男孩喝了几杯酒。宋励贞一手拿着麦,一手搂着女孩的肩膀。过了一会儿,女孩也唱了首歌。等她唱完,宋励贞说,我们坐一起喝酒吧。女孩脸上有了笑容,和我们喝酒时,时不时瞟男孩一眼。喝完一打酒,我们换了位置,宋励贞坐在我旁边,女孩和男孩坐到了一起。宋励贞脸上有了快活的表情,她举起酒杯和我碰了下。我说,你少喝点。宋励贞说,我想喝点。说完,又点了根烟。过了一会儿,宋励贞凑到我耳边说,那个男的是个傻×。我说,怎么了?宋励贞喝了杯酒说,回去和你讲。又喝了一会儿,宋励贞和女孩还唱了几首歌。我搂着宋励贞,吻她的额头,宋励贞的手搂住了我的腰。我想把宋励贞的头托起来，亲她的嘴唇，像第一次亲她一样，甚至更加热烈。我的手压在宋励贞的腰上，像是想把她挤压进我的身体。就在这时，女孩子突然尖叫起来，滚，滚，你滚。我松开抱着宋励贞的手，正想看看发生了什么。宋励贞拉起我的手说，我们走吧。我说，走？宋励贞说，不走你还想干什么？

外面的空气凉爽清新，街上的人少了，四周明明暗暗的一团。宋励贞把头发拉到鼻子前闻了闻说，今天的头白洗了。她的眼神明亮，充满愉悦，我们去海滩吧。已经是午夜了，海滩上只有寥寥几个人，和傍晚的喧闹相比，只剩下海水洗刷沙滩的声音。草地上的帐篷里，偶尔还有一点点的闪光，他们的窃窃私语被海风吹到了另一边。宋励贞在沙滩上躺了下来，望着漫天的星空说，真像在做梦。她往我怀里靠了靠，贴着我说，抱我。摸了摸我的脸，脖子，把手放在我的肚子上。我把手盖在宋励贞的手上，又闻到了松木的香味。海风渐渐凉了，宋励贞像是睡了一觉。过了一会儿，宋励贞说，我们回房间吧。回到半山别墅，里面的灯黑着。进了房间，宋励贞又洗了个澡。等我洗完澡出来，宋励贞关了房间大灯，把床头灯开到微亮。喝了一天酒，我一点也不觉得累。宋励贞换了睡衣，躲在被单里。我靠着宋励贞躺下，摸了摸她的手，拿起她的手指咬了一口。宋励贞挪了挪身体，她的身体温热，散发着松木的香味。我舔了舔她的耳垂，一只手握住了她的乳房。宋励贞说，想吗？我说，特别想。宋励贞抱住我说，我也特别想，像是第一次恋爱。门外传来开门的声音，我的动作停了下来。宋励贞说，别管。关门的声音。女孩子的哭声。我说，要不要出去看看？宋励贞说，别管。女孩子尖叫着，滚，你滚。宋励贞紧紧地抱住我，身体战栗起来。外面慢慢安静下来。四周一片寂静，连海浪的声音也听不到了。关了灯，宋励贞说，我有点羡慕他们。谁呢？宋励贞说，到底还是年轻，可以那么任性。我说，也挺好。宋励贞抱了抱我说，我们也挺好。我拍了拍宋励贞的肩膀说，睡吧，天都快亮了。

等宋励贞睡着了，我披衣起床。从冰箱里拿了一罐啤酒，坐在院子里。此时的海面，月光一片，波涛涌起而又平静。我想着睡在房间里的宋励贞，看着不远处的防波堤，它从岸边延伸到海里，像一个孤零零的怪兽。在月光下，只有它是真正孤独的，所有的喧嚣已经散去，海水拍打着它，像一个不甘离去的女人。在岛上，连虫鸣都是含蓄的，不成片的一两声。在遥远的海里，只有鲨鱼还在游动，即使在睡眠中，它依然摆动身体，以免沉到黑暗的海底。我亲爱的宋励贞，她躺在床上，也许正在做梦，听到塞壬的歌声。102的男孩女孩大概也睡着了，他们房间的灯灭了。这也许是他们一生最难以忘怀的旅行。我想起很多年前，我也去过一个海岛，和他们类似的旅行。那晚的星光和今晚的星光一样灿烂，我内心装满整个悲伤的大海。102房间的女孩，很多年前我认识，我就是那个你要他滚开的男孩。宋励贞，那时，你就是102房间的女孩，只是那个男孩不是我。这么多年过去了，只有大海如故。喝完啤酒,我回到房间。宋励贞睡得正好,发出轻微的鼾声。我听过那些鼾声,它们是最迷人的小夜曲,让我觉得安全。我躺下来,抱住宋励贞,把头贴在她的背上,她身上松木的味道真好闻。睡梦中的宋励贞转了个身,把手搭在我的脖子上,她的乳房贴在我的脸上,这是世界上最好的安眠药。

早上起来,阳光照在地上,窗子打开了,浅白色的棉质窗帘垂下来,留下一条条烟灰色的阴影。空气透亮,看不见一颗飞舞的灰尘,风略带着海腥味灌进我的鼻腔。床头的茶几上葡萄还剩下半串,一两颗细小的躺在旁边,硕大的黑珍珠一般。我摘了两颗塞进嘴里,黏稠的甜中带着一点酒气。床边空着,宋励贞起床了,正坐在院子里看着大海。和昨天不一样,她眼神里充满新鲜的力量,比我见过她最美的一天还要美丽。见我出来,宋励贞笑着问,醒了?我说,还有点困。宋励贞说,你昨晚没有睡好,一直翻身。我看了看里面,他们走了?宋励贞说,早上走了,我听到了。我揉了揉眼睛说,那挺好。宋励贞说,是挺好,都是记忆。在院子里坐了一会儿,我提议去吃早餐,有点饿了。宋励贞说,我也有点饿了。走在下山的路上,宋励贞说,要不我们再住一晚吧,我还不想回去。我说,随便你想住多久,反正我也不走。等我们在早餐店坐下,宋励贞望着我说,昨晚我梦到了鲨鱼。

马拉,1978年生,中国人民大学创造性写作硕士。中国作协会员,广东文学院签约作家。在《人民文学》《收获》《十月》《上海文学》等文学期刊发表大量作品,入选国内多种重要选本。主要作品有长篇小说《余零图残卷》《思南》《金芝》《东柯三录》《未完成的肖像》,中短篇小说集《生与十二月》《葬礼上的陌生人》,诗集《安静的先生》。

# 你是浪子，别泊岸

周嘉宁

在我还没见过小元之前，便听说了她许多事情，那是很多年前，七年，八年。那会儿，我们的朋友大雄沉浸在对她单方面的热恋中，在多次集体大醉的排档上，他说起小元，甚至为她写了一本书。这本书在前年无声无息地出版了，我没有买，我想其他人应该也是。一方面是因为他才华的有限性显而易见，另一方面，二十七岁新年过后我便去了北京，渐渐和他们所有人断了联络，他们彼此之间应该也是。随着时间的推移，我们没有如期望中那样，成为什么真正出色的人。大部分人遵循规矩，混得不错，却与出色绝对不沾边。但是我们并不愚蠢，纷纷接受了自己作为平庸小人物的存在，没有苟延残喘，也没有滞留在任何灰色地带。大雄是个典型人物，当他把有限的才华投入真人秀剧本的撰写时，赚到很多钱。

我一度怀疑小元是被杜撰出来的，因为她被描述得像个梦。或者说，更像是一个理想，一个不管是谁都想要成为的人。那会儿她十七岁，高中时作为交换生去了法国和西班牙，熟练通晓英文和法文，能用西班牙语做日常对话。她的语言天赋有赖于超群的智力和记忆力，因此只要她愿意，她几乎可以在任何有望改变人类现状的领域有所建树，但是她偏爱文学，试图与普通人一样从文字中获得意义。高中毕业以后她回国念中文系。完全是一种浪费，天赋异禀的人却最不把才华当回事。这给了大雄不切实际的希望。那段时间他频繁往返于杭州和上海，包里装着博尔赫斯的小说和卡瓦菲斯的诗集。我敢说，不管是他还是小元，对于这两个人都从未产生过真正的兴趣。

但是小元在一个学期后便退学了。大雄认为她是出于对规则的挑衅以及少年心气，但当我认识小元以后，便觉得这样的决定多半是出于对整部人生过早的洞察，接下来她对外部世界的抛弃也变得更加直接。

之后大雄提起过她两次，一次说她去非洲参加了一个人道主义援救项目，一次说她在大西洋的船上采集标本，三个月后上岸。很难说这里面是否有杜撰的成分，他对她的描述一定有主观臆断，然而小元的经历又在大雄以及我们所有人的经验之外，他不可能凭空捏造出一个非洲人道主义项目，我怀疑他对非洲的全部认识来自海明威描写的乞力马扎罗山。所以他应该只是省略了一些部分。为什么她可以那么潇洒。实际点来说,她是如何赚钱的,如何解决生计问题。毕竟她还是个孩子,为什么她竟然可以随意地在世界版图上移动(而我们却都被困在这里)。

直到他们分手,我们才终于感觉松了口气,世界的齿轮仿佛终于卡对了地方,不会再发出刺耳的声响。

"她啊,真是一个流浪儿。"我们劝慰他。

"为什么这么说。"

"因为她就是那种人,浪子。你比我们更明白。"

"你们怎么会这么想。"他几乎倒退了一步,露出非常吃惊的表情,继而是冷冷的嫌恶。

大雄最后一次找我,我已经在北京住了两年。他在电话里说小元申请了美国的学校,要从武汉到北京来办签证,想要找个落脚的地方。几天,最多一个星期就够了。问题在于,那段时间我的状况非常不好,租住的房间很小,三十平方米的一间被房东用一排柜子割出客厅来。窗户底下便是垃圾场,终日无法开窗。四周偏僻,荒凉。而且我正在交往一个男朋友,为了维持这段事后想起糟糕透顶的关系,我几乎每晚都去他家过夜,完全没有意识到我们的关系濒临结束,无可挽救。但是我除了一张靠墙的小床外,确实还多出一张沙发。

不管怎么说,一个星期以后我便见到了小元。

她非常瘦小,戴着一副眼镜,背着容积很大的登山包,风尘仆仆。像是花费了很多时间，从很远的地方来。她给人的印象非常模糊，不美，甚至有些过分平常，没有任何可被留意的特征。时间已经很晚了，她比说好的时间晚到两个小时，虽然没有解释，但是很礼貌地道歉，接着从包里掏出一只快要熟透了的木瓜递给我，外面包着一张旧报纸。

"刚刚在楼下看到有人推着板车在卖，只要十块钱。"她几乎快乐地说，"姐姐。"

她的话轻松打破了初次见面尴尬的寒暄，接着我告诉她网络密码，教她如何使用热水器，给了她一把备用钥匙。我并不打算留下来与她一起过夜（两年的独居令我一时无法适应近距离的陪伴），便把床留给了她。等我从柜子里拿出一套床单来，转身的功夫，她已经迅速在房间里找到一个角落，打开登山包，井井有条地摆好了自己的东西，像在荒蛮的野地里扎起一只小小的帐篷，再点亮一盏浅浅的灯。

后来，当我偶尔不自觉想念起小元时，才意识到她身上有种天生的消除距离感的气息，但那并不意味着亲密。她的存在感很微弱，像是寒冬到来前森林里的小鸟和松鼠，为了保存体力歇息着活下去，只在积雪上留下一点点痕迹。

第二天早晨我回到家里时，多打包了一份外卖，但是她不在家。我在茶几上做了一会儿案头工作，时间过得很快，傍晚时分我在床上和衣睡了一会儿，因为记挂着她什么时候回来，睡得很浅。翻身时感到枕头底下压着什么，是小元带在身边的书，于是干脆翻到她折角的那一页，读了一会儿，很快天就暗了,到了差不多要出门开会的时候——那段时间接了一个展会的工作,时间过得颠三倒四。临走的时候我把她前一天送我的木瓜切开。吃完一半,剩下的一半连同外卖一起放在冰箱里。后来隔天再次回家取东西时,打开冰箱,发现木瓜吃完了,而饭盒里的食物被拦腰截断,饭和菜各自被整整齐齐地吃掉一半,剩下的像是特意为我留着。

接下来的几天,我们都没有遇见。白天她在外面办事,我则连续几天住在男友家里。我原本以为她会在这儿待三天或者四天,但是她始终没有提起什么时候离开。

到了周末,小元发消息问我说晚上是否在家里吃饭,因为她收到一张外卖单。是附近新开的一间小饭馆,她很想试试沸腾鱼,但是担心分量很大,一个人无法吃完。

"姐姐你能吃辣吗,突然特别想吃辣。"

我觉得一起吃饭的请求无法推却,不过应该请她吃顿好的,但她坚持只想待在家里吃沸腾鱼,配一碗大白饭。而且她对这个愿望有种热乎的执念,让人不忍心拒绝。

结果外卖送来的时候,真的是非常大份的鱼,装在一只比脸盆还大的瓷碗里直接端了过来。我在家里找了半天可以盛放的器皿,就连最大的炒菜锅都装不下,只好把整个瓷碗都收下。这样折腾了一番,送外卖的中年人站在楼道里尴尬地说,"哎呀,忘记带米饭了!"以往碰到这种情况我一定算了,为了一块钱的米饭让别人再跑一次在我看来完全是不讲道理,但是站在身边的小元却认真地解释起来。

"真的不行啊,不能将就,沸腾鱼一定要配上白米饭。"

我们三个人在楼道里站了一会儿,感应灯亮了一次又暗了一次。小元认真起来便有些委屈,我正在思忖该如何应对僵持的气氛,中年人却突然转身消失,热忱地大声招呼,"你们先吃起来,米饭十分钟以后就送到,十分钟。"

小元吃了两碗米饭,我吃了一碗,最后她耐心地把花椒粒挑了出来,吃完了浸在红油里的豆芽菜。

接着我们谈论起各自的生活,主要是我在发问(因为我的生活看起来平庸且一目了然)。但她并非不善交谈,也没有给人谈话无以为继的尴尬感,相反,她的经历奇特,表达方式有趣,准确,我不知不觉被她吸引,问题不断往外冒。她确实去过非洲,也见过乞力马扎罗山,那不是一个人道救援项目,她在内罗毕的中学里为当地小孩上代数课。她用轻盈的口吻叙述,像游戏机里的小人般在各块大陆间跳跃,轻巧地避开任何涉及孤独或者迷惘的拐点。她对细枝末节毫无兴趣,也不像普通女孩那样热衷谈论恋爱。她对世界也好,人生也好,或者具体的人也好,都抱有一种宽容而笼统的认知。

她说起一些故事,却很少提及故事的发生地,主人公也面目模糊。她对于自己的经历既不夸耀,也不遮蔽。语焉不详是因为她对其他的大部分细节根本不感兴趣,也或许,她对庞杂世界过分锐利的观察反而蒙蔽了她的眼睛。她说不定正在经历旁人无法理解的迷失和挣扎呢。

我思忖着她来自什么样的家庭,绝非富裕优越。我认识一些那样的女孩，聪明些的，中学时便是耀眼的明星，早早学会在肆无忌惮和小心翼翼间仔细拿捏分寸，唯恐伤及旁人的自尊心。可是小元对自己的独特性没有知觉，却有着对贫穷和困顿的体察，不是同情或者怜悯，而是出于体察而产生的思考。这使得她的性格中怀有感恩和分享的基调。

这样一来，我就更加不好意思谈论自己的生活，仿佛一旦提及，我们的谈话就会终止。我的生活与其说是乏善可陈，不如说是因为过分具象而显得沉重，它在小元跟前丧失轻盈，只会像秤砣一样把原本低空飞行着的我们拽回到——拽回到我的房间。

"其实我之前见过你一次。"小元突然说。

"哦？"

"有一回新年我去上海，大雄和我约在一个咖啡馆见面，我去找他，你们都在，很大一群热热闹闹的人。也有你。但是我不好意思来和你们打招呼。"

"为什么不好意思，那都是些和气的人。"

"我明白。但是你们看起来很快乐，开怀畅谈，不是我能够加入的。"

"怎么会呢。"

"朋友是什么呢，我也不太懂。我总是刚刚熟悉了一个地方就不得不走了，一辈子都在做转校生。"

"你觉得大雄是什么样的人？"其实我更想问的是，你觉得我们是什么样的人。

"值得信赖的人。他对他人的事情都能做出冷静的判断,也常常能提供很好的建议,却把自己的人生捣成泥潭。"

但是小元你不正是那个泥潭的始作俑者吗?——不知道是什么力量牵制住我,无法说出任何会拉近我们距离的话。但是我们挨着沙发床,坐得很近,膝盖碰到一起,还喝了一点黄酒。

"什么是泥潭啊?"

"他总是高估善良的意义。他以善良作为准则在生活。"

"不是挺好吗,大部分人都不再把善良当回事了。"

"你呢,你不觉得善良都有些假惺惺吗?说到底人都是自私的啊,怎么能够以此为准则生活呢。"

"就没有例外吗?"

"姐姐,你看过霍桑的小说吗,霍桑有一个小说叫《韦斯菲尔德》。讲的是一个男人突然离家出走,很多年,大概二十年。没有任何的原因,甚至都很难说是出于恶意。然后他在家附近租了一间屋子,自己独自住着。小说里没有提及他的生活状况,所以不知道他这二十年到底在做什么。直到有一天,他回到了自己的家。"

"然后呢?"

"这不是最重要的,我是说那个结局并不重要。你得看看才知道。这个小说我看过太多遍了,但是总有不确定的地方,像是那些句子会在记忆里发生变化。比如他离家出走前,曾经回头看了妻子一眼,作者通过妻子的视角描写了他的表情。但是那个表情在我的记忆中不断发生变化,确实有一种自私的邪恶的基调,但是除此之外,又有一些其他东西,有的时候我觉得那是对世界的放弃,有的时候我觉得那是被放弃而已。就像作者在结尾说的,每个人都在世界有一个位置,个体和整体之间也被协调得十分微妙和妥帖,以至于个体离开自己的位置片刻,就有永远失去位置的危险。所以最后作者给这些人起了一个名字——宇宙的弃儿。"

"你是说他和大雄有相似的地方?"

"不,不。当然不是。只是我们刚刚谈起了善良。"她突然沉默起来。

这天晚上我睡在沙发上,小元睡在床上,我们之间隔着一面柜子。凌晨我被她睡梦中的呜咽声惊醒,并不太确定那是否是哭泣,也不知道应不应该唤醒她,尽管如此,依然觉得黑暗中的小元,哪怕身处噩梦,也有微弱的光晕持久地浮动在她周围。

接下来的两三天我们相处的时间多了一些。我们坐公交车去雍和宫转了一圈,回来的时候去逛了书店,吃了一顿涮羊肉。她带着我去另外两个朋友家里,我们喝了不少酒,玩了一种有趣的纸牌游戏。甚至有一天早晨我们一起去逛了楼下的菜市场。然后我看着小元把剁碎的香菇、牛肉、豆腐干炒香,倒入一罐豆瓣酱,加水,慢慢用小火熬出一大锅酱来。接着她耐心很好地切了黄瓜丝,炒了鸡蛋,下了面条。我在面条里舀了一大勺酱,她笑着说这种酱很咸,北方人吃面条的时候只舀小小一勺,这样一大锅可以存着吃很久。

"到底可以吃多久呢？"

"一个月，两个月。"她笑嘻嘻地说，"然后我再过来给你做。"

第二天白天我出门办事，收到小元发来的消息。她说她突然遇见意外状况，或许得要赶紧离开了。我诧异地问等不到我回家吗。她礼貌地表示非常非常抱歉。又过了一个小时，她问我备用钥匙应该放在什么地方，我告诉她放在门口的电表箱里就行。等我再给她发去消息的时候，她便没有再回复。可能正忙着赶往火车站，机场，或者其他某个地方。我不由替她开脱。

回家时已经是晚上。我从电表箱里取了钥匙，感应灯不知道什么时候坏了，黑压压的，我伸手摸了好一会儿。打开房门以后，家里被恢复成之前的样子，沙发床收了起来，床单拆下来洗过，平平整整地摊在晾衣架上。我陆陆续续在房间里发现一些小元留下的痕迹。洗脸台上的一小块印度肥皂，床和墙壁缝隙里的一本书，一盒剩下两三根的薄荷味香烟。尽管如此，却感觉有种无以描述的东西，已经把小元的痕迹确凿地抹去了。

之后我几乎没有再和小元联络过，但是偶尔会从脸书上看到她的一些消息，直到脸书登不上。

有一年夏天她在伦敦实习，我正好有一个出差的机会，便约好了要在那里见一面。她回消息的时候非常欢喜，并且告诉我说她正在交往一个男朋友。"我和他说起你，他问我你是一个什么样的人，我告诉他说小姐姐是一颗糖。"我不知道这是否真的是我给她留下的印象，接着她又告诉我，她非常期待能够见到我，她很想念和我一起度过的那段时间，并且提议说如果我愿意的话，可以住在她的家里。"我可以带你到处走走，而且我的男友做得一手好菜。他从没见过我从国内来的朋友，他觉得我没有家人，是个孤儿。"

临出发的一周前，我的行程被推迟了，等我再次联络小元时，她已经离开伦敦，回到了纽约。她并没有在邮件里表示遗憾，倒是详细向我描述了一个在跳蚤市场旁边的炸鱼店，说那里的炸鱼是世界上最好吃的。由于没有详细地址，她在邮件里细心地附了一张手绘的地图和一张她的照片。照片里的她站在一栋房子门口，穿着一件宽大的黄色T恤，光着两条腿，更瘦了，皮肤晒成棕色。她笑嘻嘻地跷着脚，从门里探出身体，像是正在和拍照的人说着什么高兴的事情。

后来我倒是真的按照她的指示去了跳蚤市场，沿着轻轨走了一段路，没有找到炸鱼店，也没有买到任何东西。

接下来的很长一段时间，至少有两年，我丝毫没有小元的消息。两年前我搬回了上海，告诉关心我的朋友说，我厌倦了北方的天气，以及没完没了的饭局。然而实际上，我只是对自己心灰意冷。所追求的东西全部没有实现。挫败，无聊和孤独彻底击溃了我。回到上海以后，事情当然也没有变好，甚至谈不上有任何起色。不过从根本上来说，我已经做出了妥协，日子便也不至于过分难熬。

有一天我收到小元写来的邮件,说她回到北京,在法国大使馆找到一份工作,想要见见我。我告诉她我已经离开了。接着我们来来回回通了一些邮件,大多在讨论租房的事情。她对我当年租住的房子念念不忘,问我那间卖沸腾鱼的小饭馆还在不在。但是房租已经翻了个倍,而且我离开时,旁边开始挖地铁,据说会持续几年。于是她自己又在东四那边看了几处四合院,询问我的意见。尽管北京已经不复几年前的美,冬季雾霾带来的绝望感非常强烈,但是她说她很庆幸能够在极夜到来前离开欧洲。

等我们再次见面,已经是夏天了,这大概是她成年以后在国内停留最长的一段时间。小元来上海出差,只待两天。虽然大部分时间她都必须工作,但还是找到两个小时的空档来。

"姐姐,有件事情想和你聊聊。"之前收到她这样的消息。

我们约在她酒店旁边的商场见面。我出门的时候,天气还是晴好,半途下起雨来,我为了躲雨在地道里耽误了很多时间,到商场的时候她已经在二楼找了间啤酒屋坐下,点好了两杯生啤。尽管是下午,啤酒屋里却有不少人,两个中年人占据了台球桌。我们坐在露天雨篷底下,天色就和室内的灯光一样昏暗。

这是我最近一次见她。对我来说时间已经过去很久,而小元依然只有二十四岁,长生不老。她自然发生了些变化,但是她从来没有从相貌上给人留下强烈印象,与其说她不事打扮,不如说她故意做了些什么,像是在雪地上行走的小鸟,只在世界的林子里留下浅浅的脚印,为的是让人更迅速地将她遗忘。如果不是因为多年来的铺垫,现在我多半觉得这个坐在跟前的女孩过分沉默,毫无特征,是个任由他人支配的人。

我们接着说起房子的事情。小元现在和一个朋友一起租住在东四的胡同里,从四合院里隔出来的一间,带院子。她形容给我听,厕所竟然是蹲坑的,但是独用,打扫得很干净。院子里有棵香椿树,发芽的时候可以直接用竹竿去够。

"真抱歉呀。"她却突然说。

"怎么了。"

"以前一直羡慕别人有稳妥的家,可以驻足的地方。也羡慕你,哪怕是在北京有那么一间小小的房子,可以长久地住下去。"

"现在呢?"

"现在居然被美好宁静的生活折磨得疲惫不堪。"

"怎么会有这样的想法,而且,哪里有什么美好宁静的生活呢?"

"唔。"

我思忖着她想要找我聊些什么呢。不管是什么,此刻沉默变得那么清晰,成为需要解决的问题。我才意识到她想要说些什么,倾诉,正是倾诉让她变得局促。她的身上发生了什么重大的事情,一种必须通过倾诉才能解决的困境。这对她来说无疑是一个新难题。她还在犹豫,而我突然紧张起来,这次或许能跟着她浅浅的脚印,回到她栖居的山洞里看看。有了这样的念头,我屏住了呼吸,连思索都变得轻轻的。

"是想和你聊聊,但因为不是什么大事,反而有点不好意思起来。"她隔了一会儿说,"上个星期呀,我见到了爸爸。"

"爸爸?"

"是啊。爸爸。我没有告诉过你吗?三岁的时候,爸爸便和妈妈离婚了,所以我是跟着妈妈长大的。"

"好像是听你说起过。但是——"

"就是这样一件小事。不过你大概还是会想要听下去,因为爸爸是一个非常奇怪的人。我算是遇见过特别多的怪人了,但是爸爸依然是他们中间最怪的一个。"她说着掏出手机来,手指在屏幕上飞快地滑动,翻到一条短消息,小声地念了起来。"小元您好。本周我到北京出差,想于今晚六点拜访您,不知您是否能拨冗见面。志明。哈哈哈哈,就是这样一个怪人啊,根本不会使用敬语,却还要这样乱说一通,要不是因为他署了名,我差点以为是骗钱的家伙。"

"你没有存你爸的手机号码?"

"没有。三岁以后,我只见过他三次啊!这是我第三次见他。"

"什么?"

"所以才说他是非常奇怪的人。他在我三岁的时候就离家出走了。但是他倒不是那种别人描述的浪子。如果你见过他就会明白。没有任何嗜好,始终过着按部就班的人生,连相貌也平淡无奇。要说有什么特征的话,那大概就是聪明。对一般人来说，聪明不是一种显而易见的东西，但是就连我妈妈在说起他的时候，都忍不住赞叹他是个少见的聪明人。所以这整件事情要细究起来的话，没有丝毫背叛和欺骗的成分，他可能是一个浑蛋，但绝没有要浪迹天涯的野心。恰恰相反，他对人间毫无留恋，却出于一种严肃的责任心，认真地生存着。"

"爸爸是做什么的？"

"地质学家。我小学二三年级那段时间，妈妈去外地做生意了，我住在奶奶家，睡他的房间。他的房间一直保持着他走之前的样子，床架上摆着他从各地带回来的石头，积着很厚的灰。我非常小心，从来不去动它们。在我的心中，这些石头和他的模样联系在一起。稳固到试图消失。他离家以后就待在地质队，再也没有回来过。不是仅仅没有回到我们家，就连自己父母的家也没有回过。但他绝对不是文学作品里献身工作的人，他怎么会对那些事情感兴趣呢，只是工作维持着他日常生活的运转，也给他一个容身之所。"

"所以他无法忍受的到底是什么？"

"这是一个我从小到大都在思索的问题。起初是疑惑，试图找到一个解释，大概非常痛苦。现在回想起来，作为一个小孩就整天思索这样的问题，难怪后来变成了这样的大人。之后每次遇见人生中重要事件的时候也会把这个问题再拿出来想一想。如果你去年问起我，我大概会说是日常生活，那个支撑着精神世界的日常生活。但是就在刚刚，我再次想起那些石头，突然想到，在精神世界中的他，或许也栖息于一个不怎么样的地方。他像是一个早早放弃了的人,只是有时候我想不清楚,到底是他放弃了世界,还是世界放弃了他。"

"你对他的感情是怎么样的呢?"

"我第一次见到他,就是三年级在奶奶家。放学以后我在他的房间里做作业,他突然出现,也不和我说话,就坐在我旁边看我写作业。我对爸爸这个词语没有概念,觉得他是一位温和的叔叔,有点像妈妈单位里某位关系不错的同事。他教我做了两道题,然后我们和奶奶一起吃了晚饭。这天晚上唯一的不同是我睡在了奶奶的房间里,他和奶奶在外面说话。不是很激烈的交谈,他们讨论了一会儿家里房子的事情,非常平静,琐碎,所以我很快就睡着了。早上起床的时候,他已经走了。奇怪的是,我从来没有过被抛弃的感觉,相反,他一定比我更孤独,这种感觉折磨着我,对他那份模棱两可的痛苦偶尔会感同身受,想要帮助他。对,折磨着我的其实是这种想要帮助他的念头。"

"唉,你不应该让这种念头影响到你,你又怎么帮得了他呢,人和人之间的距离大概始终是一座山头和另一座山头,哪怕是亲人也没什么两样。"

"你也是这样想的吗?"

"不然呢?"

"在北京的时候,睡在你的床上,觉得床都是香喷喷的,心里特别羡慕你。你每天晚上都出门,像是有很多朋友,觉得这真是一个潇洒的姐姐,想成为像你这样的人。"

(唔,怎么会,竟然想要成为像我这样的——潇洒的人。)

"第二次见到爸爸，是我十七岁那年。就是高中毕业的那年夏天，我从法国回来，陷入一种前所未有的沮丧。尽管已经被大学录取，但在当时，世界上竟然没有一个我想去的地方，也不想待在家里。对于读大学这件事情也完全提不起兴致。经历着这样的低潮期，找不到原因，便想起了爸爸。"

"你觉得自己身上有爸爸的遗传吗？"

"确实在我人生的某个阶段，因为感觉到自己或许是一个和爸爸相同的人，而感觉既担忧，又安慰。我和他，像是茫茫宇宙中两颗微不足道的星星，黯淡，但是确凿地知道彼此的存在。如果能够简单地把问题都归咎于血缘就好了。反正那回是我主动联系到了他，他为了这次见面，专门赶了回来。他没有回家，我们约在家附近的商场吃了一顿午饭，地方我是选的。他真是一个聪明人，在我开口前便知道我想说什么。他告诉我，别以为长大成人以后事情会有任何的转机，不会，不要相信其他任何人安慰的话，不要抱以希望。"

"唔。"

"他说他在很年轻的时候就已经对人生失望，之后试图用最平常的方法来解决问题。结婚，生育。不过显然他的努力全部都失败了。他大概忘记了我是这个解决办法的产物。他完全把我当作一个成年人，谈吐非常礼貌，甚至带着谦和的尊重。但是他不知道这种尊重让我痛苦极了。接下来的几年都非常痛苦，一方面想要摆脱与他之间血缘的羁绊，另一方面又渴望得到它带来的安慰。"

"那你的妈妈呢,她也原谅他吗?"

"她嘛,她的人生像是始终被蒙在鼓里的。我想起初她是不理解的,当时她也很年轻。但是她并没有对突然转弯的命运做出任何抗争,随波逐流的天真拯救了她。她最厉害的地方在于,她彻底放弃了对意义的思索,却也没有像其他妇女一样投入生活。"

"她没有再交往其他人?"

"哦,有一位叔叔。叔叔是家里的邻居,和我们家住在同一幢楼里,所以他算是真正看着我长大的。从某种意义上来说,他确实担当了部分父亲的角色。他对我们相当不错,奶奶家的人也默认了这件事。但是他有家庭,非常完整的家庭。他们一家住在楼下,他的母亲,老婆,还有儿子。"

"一直相安无事?"

"是啊。大概持续了十五年,直到我快要回国的前一年,叔叔家的老奶奶因为老年痴呆症跳楼了,他们的关系也突然告一段落。中间没有外人想象的难堪的情节,最后他们分开得也很自然,像是深秋死去的虫子。我身边的大人,他们都生活在一种持续而平稳的不快乐中,既具有弃儿的气质,又具有根深蒂固的意志力。"

"但是你相信他吗?"

"谁?"

"你的爸爸,相信他曾经做出过努力吗?"

"是啊,毫无疑问。没法不相信他,甚至没法责备他,没法觉得他是个无情的人。"

小元说着,我突然有些动了情。

"所以他上个星期来找我,尽管我觉得糟糕透顶,但还是去见了他,不知道为什么,心里有种不好的感觉,担心他病了,出了什么严重的事情,担心他突然死掉,或者打算从此消失。有很多少事情我觉得他没有勇气做,但是谁知道呢。"

"嗯。"

"反正我们后来见了一面,真的是书面意义上的见了一面。他六点准时到我楼下,我又磨蹭了二十分钟下楼见他。他没有什么变化,两手空空,穿着一件旧衬衫。一时没什么可说的,他便说我们走走吧。就开始步行。从一个地铁站走到下一个地铁站,走得很慢,所以花了大概二十分钟。"

"你们聊了些什么?"

"没什么特别的,工作啊,奶奶的身体状况。他告诉我说晚上他还有其他饭局,但是我觉得他其实没什么地方要去。不过我们还是在地铁站门口告别了,临走的时候他从口袋里掏出一张公交卡来,郑重其事地交给我。我后来坐地铁的时候用了,里面有两百块钱。"

说完她松了口气,喝了一口啤酒,然后鼓着腮帮子慢慢地望向远处。这种时候该说些什么呢,我也不知道。小元总是可以在叙述中找到分寸和边界,她始终有能力消解一切严肃悲伤的话题,连带听者和她一起,站在旁观者的角度,轻松理智地审视。偶尔她会流露出一些零星的情绪,却如同微弱的火花,轻盈的，还没有来得及落地便已经被空气扑灭。

　　临走的时候，雨还是没有停。小元撑着伞在路边陪我喊车。接近傍晚，天提前擦黑，沿街都是绝望的等车的人。小元把伞塞进我手里，两三次冲进雨里替我拦车，又徒劳地折返回来。最终我们都放弃了努力，紧紧挨着，站在雨伞下。
　　"好怀念那天吃的沸腾鱼呀，配上一大碗白米饭。"她说。
　　"下回我可以去北京找你。"
　　"姐姐，你真的觉得人和人之间的距离就是一座山头和另外一座山头吗？"
　　"是啊。"
　　"那我和你之间呢，是两座很远很远的山头？"
　　"倒也无所谓远近，谁会爬下自己的山头呢。不过就是站在各自的山头上挥挥手吧。"
　　"果然所有人都这样想啊。"她说。
　　"嗯？"
　　"我大概就是想要打破这种时代的无聊。想要站在一个山头，站在界限的一侧。"
　　我扭头看她。她朗朗说完，侧着脑袋，刘海上的雨水顺着额头淌到了鼻尖，像是在认真地确认某件事情。
　　这时一辆出租车溅着水花停在我们两三步之外，亮起顶灯，小元灵巧地跃过去，我跟在她身后，从黑色的雨伞底下，看到周围三三两两等车的人也焦躁地涌来。小元拉开车门，几乎推搡着把我塞进车里,对着司机嚷嚷了句什么,砰地关上车门。司机低声咒骂着,慌乱地踩下油门,踉跄着摆脱了连同小元在内的人群。

小元站在下街沿,探着身体,大概想要说句告别的话。

我也是,谢谢,再见,保持联系。但是其实,我只是轻轻地,动了动手指。

周嘉宁,1982年生于上海,作家,英语文学翻译。曾出版长篇小说《荒芜城》《密林中》,短篇小说集《我是如何一步步毁掉我的生活的》《基本美》等。翻译 Alice Munro、Flannery O'Connor、Joyce Carol Oates、Francis Scott Key Fitzgerald 等人作品。

# 逛超市学

卢德坤

最长纪录多久没出门？他没算过。谁有空算这个？一个星期总有吧，不然也就没有计算的必要了。

每次过来，母亲都说，他卧房中有股"油气"。自然，不是说他这个人油里油气，甚而沾染了卧房——他要是能油滑起来，母亲倒不必常来了——也不是说，房间有汽油味、花生油味、防晒油味或其他什么乱七八糟油的味道，而是说他久久未换洗的床单、被套、枕头散发的一股子被汗液或其他什么体液浸染的味道。或可统称为"人油"。可能不止床上用品，床脚、窗旮旯也散发这样一股子"油气"吧。母亲也说他的毛巾"油"起来了，意思是他长久没拿毛巾到洗衣槽那边泡一泡搓一搓绞一绞，拧毛巾时手都抓不牢，滑得很。她还说，他衣柜里也有股"油臭"。可衣服明明都在洗衣机洗过又在阳台晒过才堆在衣柜里不是吗？母亲说，准有几件什么衣服，他穿过一两次，并不觉得脏，没洗过又放回柜子里去了。倒不是没有这个可能，他想。再来，是厨房以及卫生间……实在不必说了，母亲无话可说了。对于整套房子没有一个干净点的房间，母亲最后只提一个意见：没事的时候，拿扫帚随意扫一扫，样子看上去就会大不同的。窗户也得多开开，她忍不住又多说了一句。

他没作声。母亲又说，你自然是动都不想动一下的。话里，有一种原谅的口气。他知道，只要自己不说话，就能自动得到这种原谅。得请一个钟点工来，钱由她来出也没问题，母亲说，一个月可以叫上两次，那房子就不一样了，人待着也舒服。他不置可否。他并不喜欢陌生人上门，除了快递员和送餐员。事实上，他也不喜欢母亲一来就打扫这儿，清理那儿。在她动过之后，很多本来他眯着眼就能拿到的东西找不着了。路由器还常出问题。她是一路用扫帚狠命扑打地面上的一切吗？路由器太可怜，命犯扫帚？在重启、整修路由器的过程中，他觉得时间白白流逝了。关于请专业钟点工的事，母亲就算给他留了额外的清洁费，他也不想真的去请。更何况，母亲并未留下她说过的额外的清洁费。

杂物堆满各个房间，或许会叫那不曾来过的清洁工吃惊。弟弟结婚没多久，搬离了与弟妹的东西。一度，房子多了些空间出来。他把书房地上堆叠得太高的书，搬了些到弟弟卧房中，摆在弟妹以前放瓶瓶罐罐的墙桌上，后来，连床底也霸占了。有那么一小段时间，杂物重新区隔出来的空间，看上去有了一种正确的曲线比例度-——也就是说，没有哪一种杂乱比这种杂乱更贴合他的心思了。可好景总不长，杂物永远在繁殖中。现在，母亲来的日子，就住在与他的卧房一样杂乱的弟弟的卧房里。母亲开玩笑似的跟他说，要是弟弟住回来，会说你把他的房间给弄乌糟了。到时候，你东西哪里搬过来，还得往哪里搬回去。理智告诉他，弟弟不会搬回来了，但他脑海中总克制不住地浮现弟弟搬回来的情景：弟弟和弟妹，现在又多了个侄子，三人一起站在门口，带着同时也可以装下这房子里的杂物的大包小包。到了那时节，加上他，房子就有四个人了。母亲来，就是五个人。一道有趣的幼儿园数学题。

弟弟搬出去后，在滨江区买了套房子。侄子现在到了上幼儿园的年龄，是时候考虑小学学区了。二〇一六年九月之前，弟弟卖了他的第一套房子，换了套老城区的新房子。九月之后，价钱就发生了较大变动。虽然，蛰居多年，但数字上几个零的上下翻飞还是颇能触动他。卖滨江房子时，弟弟说，有些东西留给新屋主，有些干脆不要，搬来搬去麻烦。母亲说，丢了可惜，而且为什么要白白益了人家？就都拣过来，放在他这里，虽然她嘴上不停说，这里挤死了挤死了。从弟弟那里搬来的东西计有：袖珍的或许造出来只是给小学生骑的自行车一辆、体积较大的转轮皮椅一张、塑料小凳子四条、立式电风扇一个、颜色鲜艳的洗衣盆两个、已被涂乱的儿童绘本十几册、陈旧的怪兽娃娃五六个、已拆卸的婴儿床一张、婴儿推车一辆、徘徊在保质期边缘的茶叶十几罐……或许还有别的什么他不记得的东西藏在哪个角落里。他自己的换下的旧椅虽磨掉一层人造皮，斑斑驳驳的，可也没扔掉，跟一些废纸箱、饮料罐一起，堆在后边阳台上。收废品的人来了好几次，也没能卖出去。收废品的人说，愿意无偿将椅子搬下楼去。因此，就一直放在阳台上吃灰。过了一段时间，弟弟的旧房交了出去，新房还没装修好，就在外头租了个小套间。从旧房带去的东西无法全部放下，于是又暂时转移到他这里：用暗红格子纹箱装的两床崭新被子、四个没用过的枕头、侄子的一张安全座椅、也是装箱的新碗碟，等等。等弟弟住进新房，只拿走了碗碟，其他东西像是生了根。母亲怂恿道，不如开个网店，把不要的东西卖掉一点。他想过这个事情，但也只是想想而已。一天，弟弟的一个朋友正好需要一张小孩安全座椅，弟弟想起他这里还有一张。弟弟他们忙着，只好让朋友亲自上门来取了。拜这样极偶然的机会所赐，房子多出了一张儿童安全座椅的空间。

　　以前弟妹在时，他能蹭上几顿住家饭。母亲来的日子，就由母亲下厨。现在，他天天叫外卖。母亲说，外边的东西吃不得。你现在时间空，可以回老家待一阵子，就不怕吃坏了。说起来，母亲美味的重油重盐的菜肴，也比外食健康上一些吧？这句称许母亲的话，他没说出口。他回说，没准我可以自己做饭吃。母亲问，你会吗？他反问，有什么不会的？不就是洗一洗、切一切、煮一煮、炒一炒、炖一炖？——哦，还要买一买。

这么说的时候，他心下想，没准真的可以去买两本食谱以及营养搭配的书来。母亲有点被逗乐了，但仍旧是不相信。自然，她是对的。后来，买食谱和营养搭配书的念头一直都在，但他从未真正下过厨，煮方便面不算。上一次来，母亲留了个块头不大不小的南瓜给他，让他切来放水里煮一煮当早餐吃。她说，这个南瓜还不很熟，放久一点会更甜，又不会坏掉。母亲把南瓜放在后面阳台那张丢不掉的旧椅下，被四条椅腿用无形的线条框住，形成一个结界。他没再去动过。反正不会坏的，他想。是这样吗？不会坏？弟弟偶尔打电话，发微信给他，叫他去新宅吃饭。他想，不如带这个南瓜去？

母亲、弟弟、弟妹同在这座房子时，嬉笑、吵闹，及一些悄悄话的余音回荡于杂物之间。电视也要开的。他记不清多长时间没去交数字电视费了，也没开通自动扣费服务。什么频道都不能放，购物台还能看。电视购物推销员总吊着一种费嗓子的高声调，时刻提醒你正处于某种亏损状态中，如果再不买的话。但是，一点关系也没有，她们说些什么，他都不感到厌烦。他甚至有点喜欢被包裹在这些锐声当中，亏损也好，不亏损也罢。同时，母亲他们也不反对开着没人看的电视。电视说电视的，他们说他们的，偶尔瞥一眼。当然，一个人时，他绝不会想去开电视。有时候，洗衣机会洗上一个下午，好像他累积如许多脏衣物，只为一次性满足洗衣机。洗衣机之声比较动听。

躺久了，坐累了，他就在几个房间里走来走去，美其名曰"房间内的旅行"。他最常走的路线是从书房到弟弟的卧房，再从弟弟的卧房走到书房。有时候,一口气可以走上几十个来回。还有其他路线:从书房到餐厅,从自己的卧房到客厅。偶尔从各处房间到厨房烧上一壶水,到卫生间坐一坐算不上"行走路线"。偶尔,会与什么杂物如没放端正的一张椅子、弟弟装新被的盒箱磕碰到。他不讨厌这种糟乱,事实上,他喜欢穿行在各种杂物隔出的小径中。磕碰一下,亦是好的。他觉得自己的行走,勾画出无数条无形曲线。闭上眼睛,他可以看见在快速镜头下接替、交叉、缠绕的曲线。偶尔,他没事找事,移动房内一些杂物,把一两本书从这个房间拾掇到另一个房间,把椅子从哪个房间搬至客厅。或者,反着进行一遍。曲线度发生了小小的改变,房间亦出现轻微变化——就像一个人去剪头发,难以理喻的发型师只花几秒钟,拿起剪刀又放下,貌似只剪掉几缕空气,似乎就算完成了什么工作——这让他的心情舒畅。他甚至能体会到侄子为何那么喜欢搭乐高了。自然,后者是一桩繁复的活动。

但可使用的多巴胺额度总不够。一个月里,总有那么几天不安于室。夏末秋初,这样不安于室的日子越来越多。是因为忽凉忽热的缘故?总还是热的日子居多。他以为凉快日子就要来了,后来发现还没影呢。

如此,就让人轻易愤恨起来。作"房间内的旅行"时,唯有焦躁,什么东西要从腑脏内、血管里、皮肤下冲出来似的。没办法,只好出去走走,好像新鲜空气可作麻醉剂用。

以往,决定了要出门,再决定去哪里,是个问题。他决定出门，总是临时起意。刻下，他脑中迅疾跳出一个明确地点——超市。不是附近的公园，不是以前爱去的酒吧，不是书店，不是新建的巨型商场，也不是和别的什么人一起攀过的矮山，而是超市。

他想，吸引他的，或是某种较平稳的频率所发出的召唤声：差不多半个月，他就要去附近超市一趟。家里的卫生纸、洗漱用品、方便面、烤鸡烤鸭、烘焙糕点、特定的几种水果——是的，他也吃水果。他不光靠在室内逛逛，就自然生成充足维生素。他最爱吃橘子和香蕉。他喜欢一切剥皮就能吃的水果，远胜削皮才吃得的水果——巧克力、速溶咖啡、小桶装牛奶、橙味夹心饼干、火腿肠、葵花瓜子、咸蒜花生、罐装啤酒、可乐，等等，均需定时补货。以上种种，也是构成他房间杂物的一部分，但它们规律性地一件件消失，他只能再去购买它们的"副本"或"幻影"。蔬菜、生肉永远不在他的视线内。屈指算来，他上一次去超市，不过四天前的事。现在，烘焙面包、小蛋糕已经吃完了；烤鸡只剩下细弱的骨架，仍存放于冰箱中；烤鸭还有半只，也放在冰箱里，已然生出"冰箱味"，比较难下口了；火腿肠还剩三四包，已撕开的包装膜挂到垃圾筒边沿，像盛开的塑料花；水果大概吃了一个……但他还是决定，再去附近超市一趟，虽然，这样一来，就打破了稳定的频率。

初秋午后，气温仍在三十度以上。桂花香尚未如洪水般侵袭全城。天空有一层淡灰色的薄霭。阳光透过薄霭，似乎经过了一番熏蒸，再到达地面，使周遭愈加燥热。呼吸之间，有一种颗粒感。他把厚棉布格子衬衫袖子挽上去。

走两个街区，就到他平常去的那家超市。楼高五层，超市在第一层，面积还算广大。一层另一部分空间，隔出来给独立的面包店、花店。二楼有家舞蹈室，三楼有一家网吧，他从没去过。

他试图如往常般走进超市，但在门口，便袭来异样感。超市没几个人，熟口熟面的一个收银员正倚着柜台，瞌睡改变她的面容。今天是工作日吧，他想。这家超市，没多少窗户，不多的几扇，也被肉脯区、散装糖果区的装饰墙板挡住大半。这当儿，一半甚至三分之二的照明灯没开，视线无法铺展到较远的地方，林林总总的物品似乎趁机于暗中偷起闲来，搓手搓脚。空气滞闷，好像，此处并非超市，而是仓库什么的。他不信邪，喜欢硬着来。刻下即便是走到真的仓库门前，也要当假的超市逛起来。

依照惯常顺序，他迅速经过收银台，逛起近旁的烘焙区。他很快找到自己常吃的豆沙馅面包，抓三个在手里，才忙不迭去找购物篮。然而，却不见洒满糖霜的小蛋糕。一连绕两圈半，还是没能找到。他拦住一个戴厨师帽、似乎正在清点数目、脸色黯淡的中年妇女，问怎么不见小蛋糕。她回说，今天的还没开始做，昨天的也没剩下。五点钟以后，再来看看。

可是，每次来这家超市，小蛋糕不是一早就等在玻璃橱窗中候着他吗？

失落感如约定般袭来。他进而想，要是没有小蛋糕，豆沙馅面包也不要了吧。按惯常路线，逛完烘焙区，该去饮料区，然而，他也再没兴趣挑瓶汽水。

硬来，说到底，还是不行。失落归失落，他脸上仍只是木然，但心里的什么东西像涟漪一样，荡了开去。对此，他有过丰富的经验。

豆沙馅面包原本放在什么地方，他照原样放回去。购物筐也放到一个角落。两手拍拍。

出了超市，他看一眼手机，不过十四点二十六分。时间过得好像有点慢。不能回家。这一刻，更不能像个败军似的掉转脚头往回走。在他，不管什么地方有了裂痕，总迫不及待要填平。他记起，过一座桥，向西再走三四个街区，有两家不同品牌的、规模更大的超市沿街对视。它们总不至于马虎到大下午的不开门吧。不必多想，只要有一家开，另一家怎么也不会不开。他去到近旁的公交车站，看了站牌，记下三辆路过的公交车。摸一摸口袋，零钱充足。等七八分钟，三辆中的一辆开来了。时间过得好像有点慢。十分钟后，他顺利抵达目的地。

下站口正好在其中一家超市不远处。超市门口，一辆空的儿童玩具车正发出甜熟的简易电声旋律，上下颠簸着。透过洞开的大门，可以看到一些上了年纪的人正在收银台夹道中排着不长的队伍。更里面的地方，便是丰盛的所在了。这家超市，与他家附近那家分属不同品牌。他没怎么犹豫，就斜穿过马路，到了对面与他家附近牌子相同的超市。三层楼，清一色，都归超市所有。

如他所愿，灯光明亮。四周镶嵌了不少玻璃、镜子、金属壁面。事物展现了在超市里该有的样子。他穿过占据一楼两旁过道的连锁品牌服饰店以及中心区的金饰店，置身于与大门相对立的光线稍黯淡的底部，搭上一架速度缓慢的斜面扶手梯。没什么人挡在前头，他走上去，给缓速再加一点缓速。

抵至三楼，迎面撞见的是3C产品区；向左拐，是家用品区；床上用具、小电器……有人在榨豆浆；接着是与底楼连锁服饰店风格不同的服装区——大概隶属超市本身——弥漫着一股塑胶拖鞋的味道；隔壁为占据长方形楼层一个墙角的文具用品区及儿童玩具区，也有股较淡的塑胶味，可能是服装区飘过来的，也可能是自产的；再往左拐，是洗漱用品区；走到长方形较短一边的另一个直角，被厨房用品所填充；再往左转，直线走四五分钟，就能看见通向楼上的扶手梯了。

他觉得自己像是一个上了发条的玩具鸭子，被驱赶着在光滑的地面上往左转，再往左转，再往左转，绕出一个圈圈。橡胶鞋底与地面摩擦，发出恼人的吱吱声，像是老鼠。超市里有玩具猫，没有玩具老鼠。

一楼跟他没关系；三楼的东西，他暂时不必再购"副本"。他最喜欢的，永远是作为一楼和三楼的夹缝存在的二楼——就是超市故意让你打转转，最后才转到的地方。

从三楼下到二楼，抬眼便是烘焙区。面粉、奶油、糖料及其他什么东西混合、烤炙后的郁厚味道冲鼻而来，将人裹实。兜兜转转，他终又找到烘焙区。这里的烘焙区更大些。他逛荡一圈，没找到与他家附近超市同款的铺满糖霜的小蛋糕。它们不是同一品牌的超市吗？但是，一点关系也没有，他的心绪没出现丝毫波纹。他挑三四个号称用新西兰奶油做的、个头稍大点的方形蛋糕，放到后来才找的购物筐中——角落里总有什么人丢在那里。新买的蛋糕，虽标"新西兰"三字，价格比小蛋糕却贵不了多少，让他起了小小的疑心。

顺着被规划好的路线，他依次买了烤鸡烤鸭各一只，荤菜多过素菜的凉拌菜一份，香蕉五根，苹果一个，苏打饼干一袋，夹心饼干两袋，表明产地为香港的方便面四桶，两种口味的大号装火腿肠四袋，特惠装速溶咖啡一盒，加送20%分量的巧克力一罐，瓜子一袋，花生一袋，可乐两瓶，运动功能饮料一瓶。

旋风似的扫了一圈。他再看一眼手机，不过十五点十三分。时间过得好像有点慢。他还不想回去。一楼和三楼都改成食品区，就合心水了吧，只怕仍旧不堪逛。

他盯视购物筐，心想，是否漏买了什么？一眼望过去，只觉购物筐铺了浅薄一层而已。瓶装饮料翘立，似乎期盼更多甜头。但想不起来漏买了什么。不像他牵个小筐，其他人多用推车的，甚至同时推两辆——在他廉价的想象中，如果超市店主或其他什么主儿来消费，准是用上全部的一辆接一辆推车，从门口开始，穿过一楼扶梯，上去三楼，通过二楼，再绵延至一楼，抵达另一个出入口。连接而成的超市推车，像一条七扭八拐的虫豸，又像一条肠镜插管——都装满了，似乎才能勉强说上一句"好了，差不多了"。他再次感到一种失落。或许，他想，可以多买上几瓶饮料。又想，如此，未免太敷衍。保险起见，不如再从一楼逛到三楼，三楼下到二楼，整个复习一遍？因为，想起来，有点让人不安的是：没准，从一开始起，他就像个筛子，流水般漏过，或主动遗弃一件件东西？那些被遗漏、丢弃的东西，如芝麻般洒了一地。灯光明亮，可他就是看不见。重头来一遍吧，他先懊丧地确定这个念头，转而有点欢欣。一楼没有直达二楼的扶手梯，二楼有直达一楼和三楼的扶手梯呀。但是，刻下，他一点不想挪身，在饮料区和收银台之间呆立了好几分钟。那些芝麻早被人捡了去吧，都可以装满整整一玻璃瓶了吧。即便推着数十辆车子，执行"宁可错买，不放过一个"的安全策略，那种"漏买"的感觉也不会消散的吧。

最后，不知道站立了多久，他感觉再不决定下一步行动实在不行了，因为，离他最近的收银员时不时就要打量他一下。她一边动作麻利地扫着一束青菜或一盒饼干的条码，一边歪过头来看他。他怕被她误会自己得了什么重症，马上就要过来问候他一声，因此必须动一动了。

循一股尚未炽烈起来的烟油味，他决定到烤鸡烤鸭铺附近一家敞开式小吃店坐一会儿。一圈五颜六色的塑料可旋转高脚凳环绕小吃店吧台，他坐一张被挤出队列的高脚凳上。此刻，没什么顾客光临。两个年纪看上去很小的男服务员，一个在备料，一个在擦拭炒铲、煎锅等等，并不问离得稍远的他要吃点什么。他转动高脚凳，背对吧台，假装等人。"等"一会儿，他自己也觉得报然了，于是拉近凳子，开口点个广式炒河粉。

男服务员东磨蹭西磨蹭一阵，才端上吧台来。这盘东西，当晚饭吃早了点，当下午点心吃多了点。而且，他一点不觉得饿。没关系，他喜欢硬来。他慢吞吞吃起来，像只为填充时间的罅隙而吃。

如同其他很多快餐店出品，河粉味道过咸，但他不想多点一杯小吃店中饮料机里正缓慢搅动、颜色鲜黄的果汁，好像点了，就中了什么计——倒不一定是中人工色素的计。他也不想去开新买的可乐来喝——倒不一定是因为还没付钱。他脑中转的是这样的念头：吃了这盘炒河粉，回去再把上次逛超市留下的尚放在冰箱里的半只烤鸭吃掉，晚餐就算对付过去了。刚才买的东西，今天就不去碰它们了。不错的安排，他自我夸赞。他感到一种丰足感，感到一种持续消耗之中的精打细算，一种荡开的涟漪的暂停。

他仍旧坐着，望眼前一排排货架，觉得正置身一条好像流着奶与蜜的河川，他只取了一瓢饮。这一刻，到他手里的，切切实实，就是他的了。尽管，他知道，到最后也要埋到五脏六腑或别的什么鬼地方去的。

吃完炒河粉，差不多十六点。超市里人开始多起来。他觉得某种仪式已然完成。不必再逛，可以回家了。

时间终于又快转起来了。晚上，他坐在书房电脑前，窗外干燥的凉风似能吹走电磁声。那种有什么东西要冲出血管的感觉，一时压服住了。二十一点，看完一集美剧——对他来说，电脑是电视台——他没能坚持住"明天再享用"的原则，吃了新买的烤鸡半只，火腿肠半袋，外加两根香蕉，以作中和。不过，晚上吃的火腿肠是上次逛超市的余货，不是今次战果，因此，稍稍抵掉一些罪恶感。二十三点，带着沉甸的坠胃感，他上了床，一夜好睡。

第二天，直到傍晚，他才又坐不住。由此，他估摸逛超市一次带来的"放风"效果可维持多久。长期的有规律的"放风"后，能否维持同等效果，他吃不准。

他在家附近小店吃过一碗面，才坐同一辆公交车去了同一家超市。不同时段，不同风景，好像接续上了昨天他离开时的画面。

超市二楼灯光似乎更亮了。被灯光晒出头油味的——照母亲的说法，也是"油气"一种——可不止他一人。人们成双成对来，拖家带口来。当然，也有像他这样，孤家寡人逛。他和那一个一个的，或都有片叶藏身树林的感觉吧。而且，好像这一片一片的树叶不是随风从别的什么地方来，而是这林子的"自落叶"，自有一种合法性。他们这些"自落叶"，和其他所有人，和他们头顶的东西，货架上的东西，摊头的东西凑一块儿，组成个合唱队似的蜂鸣器，发出的含混、甜俗声音如波浪般绞缠，分不清这一滴水，那一团泡沫其源所自。各种声音，又像闷在一个装着浴霸的烤箱里回荡。有时候，他能够听清别人说的一句话；更多时候，他接收到的只是一团含混然而颇有重量的声浪。那本来明确的话，在这一整波声浪中，也变得不明确了。超市里人来人往，东西摆上拿下，扫码付钱装袋。原本，事情是怎么个运作法,可以条分缕析,但在这含混中,他无法知道个所以然。可被这含混裹住,他又觉得甜蜜。最后,他得出结论:昨天逛超市虽逛得舒心,却未碰上最好的时候。逛超市,还是这个时间点好啊。他一点也不觉时间过得慢。

从这一刻开始,他原本逛超市或做旁的什么事的频率完全被打破。现在,隔一差二,他就要逛一次超市。过桥后向西再走三四个街区的超市,成他一时"新欢"。接连去了三四次后,他才"临幸"街对面另一家牌子的超市。他早知道,它们的面貌相似,总是那几样。但总有不同的地方——其他不用讲,一座在道路的这一边,一座在道路的另一边。他后知后觉发现,从这边看,和从那边看,风景大不同。超市内各区方位设置亦不同,刚烤出来的面包味道也不一样。两边都走一走,他得出一些类似这样的好像能开阔眼界的结论。

还有额外收获:这下,总算有点运动量了。不管怎样,母亲要是知道,该感老怀安慰吧。只是,她最近一次来,他到底没说自己这阵喜欢到处走走,走出点瘾头来。不然,她准会欣喜问他都去了哪些地方?他实在说不出:超市,超市,还是超市。因此,无法炫耀。母亲来的一个礼拜,他逛超市的频率再一次被打乱,只和母亲一起去过家附近的超市一次。不过,这只是个小插曲。母亲一离开,频率自动恢复。

一天,不知哪儿来的灵感,他想,一趟公交车,坐两三站,两块硬币;坐四五站,两块硬币;一气儿坐到终点站,还是两块。难道,坐两站,过一座桥及三四个街区,便是他可以到的终点站了？反正，时间大把，过得又慢——但似乎又很快——不如多坐几站。哪儿没有超市？以前，他路走比较远。刻下，记忆地图上，尚有许多超市坐标点，如果一一圈出它们的所在，会让密集恐惧症患者犯恶心。于是，那天，在一路常坐的公交车上，他决定多坐几站。

透过车窗，望见两座熟悉的对视的超市掠过，他生出一种"终于把你们丢到脑后"的快感。其中，似乎包蕴了一种恶意，既是对外的，亦是对内的。

最后，他坐到倒数第四站。靠近北郊了。以前，他在附近上过班。他之前不晓得此趟车原来经过此一区。记忆地图显示，这边超市不很多，有一家规模较大。以前，他习惯从这边买了东西带回家。

与其他很多地方一样，整个这一区块，模样变得厉害。的确，都过这么多年了。但也并非一味簇新。他穿新街过老巷，踱了一会儿步，才找到以前那家超市，现在，已成一家4S店。就算记忆不出错，记忆中的事物本身也会"出错"。

他没感到很失落，好像公交车开到半途，就含糊意识到情况生变，因之做好了心理准备。在4S店前站立了三十秒左右，他转身望见右手边百米外一家新的超市招牌。也不新了，只是他在这儿时，没有这家超市。那么，就是新的。走近了看，规模比老超市小一点。他逛了差不多二十分钟，没买什么东西，不久就坐上了回程车。整个过程可以说是惬意的。

回程车上，他凝神望窗框中接连晃过的风景。北郊地带，算是比较熟悉的了，刻下也变陌生；公交车七扭八拐，路过他原本不很熟悉的所在，刻下至多也只与北郊同等陌生。以前，他排斥去陌生地方；现在，他倒有点排斥去熟悉的地方。因此，仍旧可说是惬意的。

他一惊一乍想：原来还有这么多地方我没去过！算起来，他到这座城市生活，已经超过十年以上。但原来还有这么多地方没去过！对这座城市来说，他也还只是个陌生人吧。

现在，他坐在车上，突然生出一种正在其他地方旅行的感觉。某幢簇新的大厦，蜿蜒的房顶曲线，如数字般严整往上爬升而一时无法数清的层级，反光的镜体墙面，都促发这种感觉。切断通往某些感官的电流束，导向其他地方，事情就发生变化。此刻，他不可以说自己正处身北京吗？只要一生发这样的念头，事情就变得如此真切了。同时，亦可说此刻正处身香港、台北，甚或新加坡、东京、纽约，或巴黎……巴黎？哦，巴黎倒有点不一样吧？或者，也没什么两样？想象，似乎也有它无法融进，同要撞墙之处。他忆起件旧事。多年前，他到上海会一个朋友。约好晚上碰头，中午就到了。多出来的几小时，他不知如何打发，只好晃悠一会儿。某处法国梧桐浓荫下，他随意登上一辆鲜红色的公交车。付了高于普通公交车好几倍的车费，得到一副耳机后，他才意识到这是辆观光巴士。白脸孔、黑脸孔之外的黄脸孔，多是韩国人、日本人。像他这样的游客，大概是没了。偶尔也上来几个本地人。各种语言混杂在一起。他坐在他们中间，似乎可视作东南亚任何一区的黄种人：既可以是韩国人、日本人，也可以是马来西亚人、新加坡人，或，中国上海人。进而，如果一定要硬来，说自己是欧洲人，是不是也可以化身英国人、法国人、德国人、瑞士人了呢？或者，是不是既可以是上海人又是德国人，既是马来西亚人又是法国人，既是新加坡人又是日本人还是温州人呢？这样想着，他觉得自己似乎换过一张脸。观光巴士沿既定路线转悠，晃过很多他之前处身上海时从未经眼的区块。他一点也不担心车辆将他丢在一个他完全不知的位置上——虽然，路过某些地方时，他会疑惑，这儿还是上海吗——也不怕迷路。他甚至有点期待被抛在异地和歧路上。那副耳机，是用来插在车体固定位置上，听包括中文在内的多种语言景点介绍，他从头到尾都没用上。他在一个满眼新建的旧式台阁以及金发碧眼人士的地方下了车。他从街道的这一头走到那一头，然后从那一头回到靠近起先下车点的地方。街道不长，来回走一趟最多只需二十分钟。他只走了一遍。等下一辆相同的观光巴士到来，他再坐上去，延续起先中断的路程，坐到了终点站。如果不算他中途下车晃荡的时间，从起点站到终点站，一共费时一个半钟头，似乎算不上漫长。到最后，他都有点不想赴朋友约了。当然，当天晚些时候，他打的去了约定地点。此刻，他从北郊超市回来，厕身这辆坐着十几个生活在这座城市或暂时路过这座城市的人的公交车上，模模糊糊想起哪个人的哪本书里说过这样一句话：旅行，不是走向新的风景，而是用一百双他人的眼睛来观察，即便面对的是什么旧址——或单——座超市也行吧，他想。或许，不必去换一百双他人的眼睛——要换一百双，那该有多麻烦——而是自己换过一副眼光来就行了。自然，也不必去换一百张他人的脸，只要自己换过一副"脸色"来。或者，一个更笨的方法，让自己的记性变得差一点，这样重看一件旧事物时，能看出点新意来也不一定。

也可以把那辆观光巴士，当作一座流动的超市，他想。

思绪满飞。他又虑及：以后，自己也不必专门坐哪几路车，去哪些专门的地方，逛哪些专门的超市。哪一辆先来，就坐哪一辆好了，无所谓的，"盲坐"就很好的。而且，随便到了哪个地方后，不必待一会儿就急着坐回程车。随便到了哪个地方，随便待上一阵子，有没有超市逛也无所谓的，"盲逛"也很好的。然后，随便坐上一辆随便开来随便开走的公交车，再随便在哪一个地方下车。到了哪个随便的地方，将上述程式随便再来一遍……"随车逐流"。

这样，短短一段时间内，他去到不少地方。他想，随意归随意，可说到底，他没走出过东南西北四向构成的结界之外。随意之中，总还有些东西在帮着做出决定：在哪一站下车，有时候他依恃的不过是那个站点的读音；什么时候流转到下一个地方，单单因为在此一个地方一连看到了三个小超市或两个大超市，或单纯只是待得厌腻了。

现在，他不以超市为特定目的地了，觉得超市也不必花长时间去逛了。但他还去超市的。去到了，可能只是逛上一圈，体验一下被扶梯拖着走的感觉，或只是摆摆正货架上不知被谁弄乱的物品，如同他在家中整理杂物一般。好像他拿起一样东西，丢下一样东西，带走一样东西，也改变了超市的曲线。但超市不是目的地。有一次，他抵达一家闻名的，造型像个大仓库的超市，只在外头转了一圈，连大门都没进。自然，他也还得去超市买各种"副本"。他还没有立地成仙，还得吃烤鸡烤鸭、方便面，以及洒满糖霜的小蛋糕。

他问自己一个问题：按这种加速中的行走频率，他可在多长时间内，逛完城中所有超市？

一开始，生出"逛完城中所有超市"这个念头，就让他获取一种刺激，好像有一桩大事业需要他孜孜矻矻完成一般，好像还有大事业容许他去孜孜矻矻完成一般。不过，理智很快告诉他下面的事实：这座城市的超市数目，或许凑巧在一段极短的时期内不会产生任何变动，呆笨地滞存在那里，等那无聊之人去逛遍，去"集邮"，去"打卡"。那么，如果能抓住这极短的一段时间，无聊之人或许是可以逛遍城中所有超市的。但是，那个数目，时刻处于变化中不是吗？它处于无止境的自我繁殖的状态中，那么，他的工作就要无止境地进行下去。这很可怕，但还不是最可怕的。最可怕的是，那些他还没去之前就已灰飞烟灭，已被替换的超市。北郊那座消失的超市，自己毕竟去过。其他的，他没看见过它的起也没看过它的落，都跟他没丁点关系。这样已然湮灭的超市，也是不可计数的了。因此，他的"逛超市"事业，永远处于"未完成状态"。只这一座城市，已经够他看到如此终局，更不必想这一座城市，站在大气层外看，只是一个看不见的微末之点。还有其他无数个看不见的点。想到这里，他感到恐惧。恐惧，让他有了便于重新蜷缩的借口。可有了方便的借口，就能方便地行事了吗？好像也不能。到头来，连逃避，也成了件困难的事。最后，他得出下面这种不知道算不算自我安慰的想法：还好，还好，超市的面目相似，它们的差异可以假装看不见。一叶知秋。可这样，原本所谓的大事业，就不能称其为大事业了。或许，只能称之为一桩一叶障目的事情。还好，总算还有件事情可做。

虽说是桩小事情，但也很难干好吧。他发现，自己有意无意避开某些区域。

那个区，他是不太想去的。弟弟新房子所在的城区，他也不想走一遭。一晃进那片场地，脚底踩的什么，都软将起来。

有一天，他觉得好歹逛了许多超市，积累了点底气，便强迫自己到弟弟新房附近晃一晃。弟弟新房前后左右，上下四旁，都有大小不一的超市。他对自己说：现在，只捡上三两家逛逛吧，其他，待以后再补。这样，似乎分散了潜在的风险。不过，即便如此，他想，还是要做好万全的准备：要是在某一家超市，不意撞上弟弟、弟妹、甚或小侄子，或他们三人，或他们中两个人，该如何应对？如果，母亲恰巧待在弟弟那儿，也跟着去超市，那么，以上组合又会发生变化。眼下，他脑中自动生成各种对话、应答、图画——事实上，自动生成芜杂的想法，也是他走路、逛超市、搭公车时的主要活动。他之所以逛如许多超市，或只为生成此类想法；与此同时，消灭此类想法，也是他走路、逛超市、搭公车时的主要预期——他定定神，心想，应该不会在超市碰上弟弟，碰上弟妹的概率比较大。届时，他该对她说点什么？她又会对他说什么？她会不会问他：大哥怎么会在这里？他是不是应该回说：来这一区见个朋友。因为还早，所以进超市随便买瓶饮料。她会不会很快在脑中搜索一遍他在这一区有什么朋友，而她是不是认识这位朋友？如果她得出结论说，她不认识这位朋友，或认识这位朋友，或意识到根本不存在这样一位朋友，会分别说些什么？不管怎样，他都要让自己的脸皮再厚上一层。或许，她不会说什么，只会笑笑。她正在逛超市呢，正在买东西呢，不能就这样被打了岔而停下来。或许，她只会对他说一句：有空到我家坐坐。接着，自行逛她的去了。她会逛蔬菜区、生肉区、冰鱼区。而他，也不能因为碰上了她，就草草完成逛超市的任务。他应该比预先计划好的再多留一阵，即使最后在收银台还要与弟妹碰一次头，也可以再寒暄几句，然后一起下楼，挑一个与弟弟家相反的方向通往与不存在的朋友的约会地点。

然而，真实情况是：他逛了好几间弟弟家附近的超市，没遇上一个熟人。也是，城市如许大，不止弟弟一家。且他去时，挑的都是"夹缝时间"。

来这片区块前，他琢磨来琢磨去，就是没琢磨出最后要是没遇上弟弟一家的景况。起初，他为可能碰上他们焦灼；现在，他为没碰上焦灼。要么，干脆以后就不去那边超市了，毕竟已经走过，可以交差；转念，又觉得自己缴了械。在一段不短不长的时间里,他整个像只无头苍蝇。最后,颇伤了点脑筋,他得出结论:只能逛更多弟弟家附近的超市,增加危险系数。让危险真正到来,才有解除的可能。就让那只鞋赶快掉下来。再碰不上,只能应弟弟所邀,去到他们家。

事实上,他只多逛了一次超市,就带着时令水果,去弟弟家拜访了,受到比预期中热烈得多的欢迎。不知从什么时候开始,他总低估别人的热情程度。

自认解决了"超市相遇焦虑问题"后,他获致一种久不曾见的圆满感。

一时间,他自觉成了什么"达人"。他知道,现在有很多达人:园艺达人、吃汉堡达人、睡觉达人、囤积达人、用脚趾夹筷子达人、比特币达人、包礼盒达人……现在又多一种,逛超市达人——由他本人作代表。不知现在有多少逛超市达人?未来会不会愈来愈多?他想,他可以写一本叫《逛超市学》的书。这将不仅仅是一本实用之书。

他感到一种愉悦。或许,无须愉悦,能不躁动就好。但有时候,他又觉得,没有这种躁动,他就不成其为他了。有时,躁动的确消失了。

一次,也是坐去往北郊的公交车。天已全黑,他坐在后部左侧第一排座椅上。车内亮着虚弱的寒白光,想看一张在站牌拿到的广告纸也看不清楚。他饿了,计划忍到某站沿路一家之前去过的超市,随便吃点什么。他抬一抬眼,看见前边司机座位后部两张反向座位之一上,坐着个女人。不知道她是什么时候上车的。他前一次朝那儿望时,是有人还是没人？不过,现在,他看到她了。他目不转睛盯着她看。她大部分时间在滑手机,如同车上不多的其他几个乘客。偶尔,她也抬头,看一眼窗外,看一眼正前方。车内,她和他的座位,都处于一个较高的水平上。她和他的座位之间,有四五个较低的照顾专座及正对着下车门的折叠座椅。她的视线,有时会下降到照顾专座那边,有时会直达他那里。最初碰上她的目光,他不自觉就看起窗外来。后来,当她的视线绵软地移过来,他硬是摆正了头。他估摸了一下,在整个长约一小时的车程中,他们的目光直接相触了六七次。对视一两秒或三四秒后,她会转开自己的视线,极短暂地望一下窗外,或直接回到手机上。她看见他正在看她了吗？他觉得她是没看见的。碰上他的眼光的短短几秒中,她似乎未做任何停留,直接穿透他的眼睛及整个脑部,到达他身后的某个所在。可他觉得,她也并不望向他身后的任何一件事物。而且,几秒之后,她移开视线,亦非因与他人的目光相逢而感到不适,似乎只是某种处于惯性中的机械动作。他感到愉悦？抑或失望？事实上,两者皆非。他甚或觉得目光的相遇时间太短暂。

快到倒数第五站时,那个女人朝车厢后部走来,抓了一会儿扶杆,能看见她右侧脸的轮廓。车一停,她就下去了。他也有跟着下车的冲动,但克制住了。他只加倍收束自己的注意力,投向窗外浓重夜色中的风景。较远处的一盏路灯、附近的一个屋角、并不明亮的一扇窗户、一条小径,诸如此类。

另一天,正在公交车站等候。出神之际,有人突然用力抓了他肩膀一把。转头盯看，是一个不相识的小老头。老头指着某路车的站牌问他，到某某地去，是不是坐这路车？他摇头，对小老头说，的确要坐这路车，只不过不是在这边坐，而是要过马路，到对面坐。整个方向反了。小老头连"哦"了几声，忙不迭走了。某一瞬间，他疑心自己指错路。到那地方去，在这边坐才是。而他则要到对面马路去坐，才能到他的目的地。他又定睛看站牌，小老头刚才所指的某地，在框着红框的此站地名左侧，代表行车路线的绿箭标则往右。他安了心。

另有一天，他在公交车站，左等右等车不来，心想不去超市也罢，于是干脆掉头回自家。

卢德坤，1983年生于浙江乐清，曾在《收获》《江南》《上海文学》《西湖》《山花》《长江文艺》《南方都市报·阅读周刊》《三联生活周刊》等发表小说、书评若干，有小说作品被《小说选刊》《思南文学选刊》转载。